AF191779

Für alle die bleiben

Bibliografische Information der
Deutschen Nationalbibliothek:
Die Deutsche Nationalbibliothek verzeichnet diese
Publikation in der Deutschen Nationalbibliografie;
detaillierte bibliografische Daten sind im Internet über
http://dnb.dnb.de abrufbar.

Verlag: BoD · Books on Demand GmbH,
In de Tarpen 42, 22848 Norderstedt, bod@bod.de
Druck: Libri Plureos GmbH, Friedensallee 273,
22763 Hamburg

ISBN: 978-3-7693-4048-8

Michael Hirle

Black Tipi

Fischherz 2

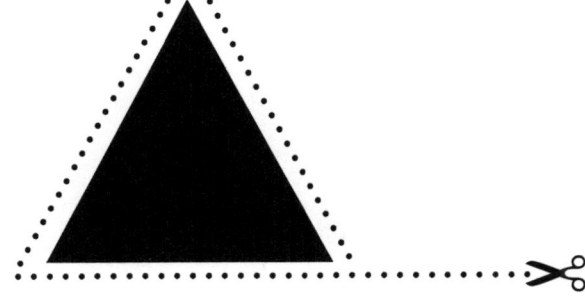

Straßen
Fieber färben sie weich,
Kratzer und leise Narben,
ich liebe den Regen,
der sie in Spiegel wandelt,
der Duft von abgelöschtem Asphalt,
der mich Barfuss laufen lässt,
ehe die Sonne mir es wieder verbietet,
Mutter ist und Laterne,
in einer azurblauen Nacht.

Kapitel 1 - Straßen

Der Regen wusste sich irgendwann zu beruhigen.
Ich legte den Stein auf's Fensterbrett damit er die Farbe
wie ein Geheimnis bei sich behielt. Ein Fisch zwischen
staubigen Kakteen und einer herabgebrannten blauen
Kerze, deren Docht von Fingerabdrücken umkreist war,
jemand liebte das Spiel mit dem weichen Wachs.
Kristin stand neben mir, so nah, dass ich sie fühlen
konnte, zu fern, dass ich sie spüren konnte. „Ihr seht aus
wie meine Kakteen, doch die sind gesprächiger.
Kommt zu uns ins Wohnzimmer, sonst wird der Kaffee
kalt." Es dauerte nicht lange, als wieder Musik erklang.
„Ich mag den Bass. Immer schon, er innert mich an die
Stimme meines Vaters. Wolf hatte eine tiefe Stimme,
vor allem, wenn er leise sprach und ich auf seiner Brust
lag, so vibrierte sie durch meinen Körper wie ein guter
Traum. Morgen hat das ganze Spektakel wieder ein
Ende. Irgendwie fürchte ich mich wieder vor der Stille,
sie zieht die alten Geister, nicht nur die Guten.
Der Lärm hält sie auf Abstand."
Wir sahen ein Schatten nahen, der an die Tür klopfte.
„Nelly komm rein…" „Hier seid ihr. Yasmeen,
dein Flug wurde heute gestrichen, der Sturm ist wohl
noch zu stark. Morgen Abend dann, wir würden dann
gegen Mittag hier losdüsen, wenn sich so ziemlich alle
auf den Weg machen. So kannst du heute noch ein wenig
als Gast das Festival genießen. Wie meinst du das,
du bleibst…ähm…Yasmeen…warte…"
Ich lief nach draußen. Die Worte wogen gesprochen

schwer, so schwer, dass ich sie erstmal zurücklassen musste. Der Regen hinterließ knöchelhohe Spiegel, die mir die Schuhe füllten. Kristin wollte hinterher, doch Eagle hielt sie zurück, ich wusste nicht wohin, der Wald schien schon mit meinem Abschied gerechnet zu haben und verhielt sich abweisend. Ich setzte mich auf einen der nassen Stühle und lauschte dem knurrenden Bass, der ein seufzendes Solo begleitete. Der Schlagzeuger rührte in seinen Kesseln so viele verschiedene Rhythmen, dass mir schwindelig wurde. Kein Gesang und doch wurde so viel gesagt. Die Vögel sangen, sie begrüßten den herannahenden Abend, der elektrische Fluss floss, ohne ihren Gesang an sich zu reißen. Das alte Pärchen, das mir tags zuvor im Restaurant gegenüber saß und mit Bart und Kleid zu beeindrucken wusste, tanzte ausgelassen vor der Bühne. Ihr Alter abgestreift, gegen das ungezähmte Lachen ihrer Jugend eingetauscht. Die Frau löste ihren Dutt und ihr langes Haar schwang wie der Schweif eines Pferdes, das sich nach vielen Tagen Stall wieder der Weide erfreute. Die Enden ihres roten Kleides griffen immer wieder in die umliegenden Pfützen, ihr Partner mit dem beeindruckenden Schnauzbart, führte sie an der Hand um sich herum, während er immer wieder einen Jauchzer in den Himmel stieß. Ihr Tanz animierte die umherstehenden Leute es ihnen gleich zu tun. Bühnenhelfer entfernten die Stühle der ersten Reihen und dies zog immer mehr Besucher, die sich der Musik hingaben, auch das Abendrot stieg über die Berge und summte sein eigenes Lied, was der Musik aber in keinem Ton widersprach. „Tanzen?" Kristin nahm meine Hand und zog mich zu den anderen und wir wurden ein lachender Teil eines Gottesdienstes, der gleichnislose Liebe predigte. Eagle und T-Bone standen lächelnd auf der Veranda und wippten mit ihren Cowboystiefeln zum Takt dieses wortlosen Gesanges, der irgendwann unter Applaus endete.

Die Nacht wurde gebändigter. Man überließ die Bühne den Sternen, die sich wie ein Tuch über uns ausbreiteten. Kristin war zurück ins Hotel geeilt, ich holte mir ein Sandwich und stand bei Eagle auf der Veranda, der dort mit T-Bone saß. „Wie ich sehe, hast du dich entschieden. Weiß deine Mutter schon davon? T möchtest du uns ein Bier holen? Bleibst du wegen Kristin, oder gibt es auch einen anderen Grund? Du musst nicht jetzt antworten. Deine Antwort gibt die Richtung vor, auf welche Straße wir einbiegen. Ah, danke dir T. aber ich glaube ich geh jetzt ins Bett, der Tag war lang, bei dem Klaviergeklimper kann ich gut einschlafen. Gute Nacht." Eagle ging hinein, T-Bone bot mir ein Bier an, auch ich verneinte, er zuckte mit den Schultern und öffnete sich eins, ich ging zurück ins Hotel.

Das Echo des Regens zog Kälte, welche durch das gekippte Fenster ins Zimmer strömte. Ich hatte meine Harfe bei Eagle vergessen, am Empfang stand Kristins Bruder, der seine jüngere Schwester durch die Bestellungen lotste, all das zog wie ein Teil eines Traumes an mir vorbei, ich wünschte, diesen nun im Bett vollenden zu können. Mein Blick heftete noch auf dem Bild, das ich auf der Herzseite anstarrte, ehe es mich zu sich lockte.

Es blies ein Wind durch die Äste, keiner, der von der Seite drängte, einer, der blies, wenn man in die Tiefe fiel. Die Äste versuchten nach mir zu greifen, kratzten aber nur ihren Willen in meine Arme, ich wartete auf den Aufprall, hoffte, ich würde ihn nicht mehr spüren, hoffte, auf einen Schlaf der mich gnädig in sein anfängliches Nichts zog. Eigentlich müsste ich einen großen Frieden verspüren, das Glück des Gesättigten... Auf meinen Lippen die künstliche Süße von Briefmarken, jemand klebte sie mir auf den Mund, hin zu einem Lächeln, welches ich nicht mehr aufbrachte. Der Brief.

Straßen,
flüchtig wie der Vögel Wege,
Müdigkeit so viel mehr,
als Augenschwere,
ich ernte Bleiben,
sag mir, wie schmecken Küsse,
wenn sie Verzeihung sprechen,
süß so süß,
etwas wollte welken
und wagte Rückkehr.

Fieber ließ meinen Körper beben, ich hoffte es wäre das
geöffnete Fenster, ich spürte die Lust meines Körpers
nach Schlaf, doch all die Träume die kamen, drängten
sich, fanden nicht ins Vergessen.

„Bist du da? Yasmeen, kann ich reinkommen?"
Ich warf ein Wort, wie einen Schlüssel, war froh,
nicht abgeschlossen zu haben. „Hey du, alles…oh,
Yasmeen, du glühst ja…ich komme gleich wieder,
ich hol dir etwas Wasser." Ich spürte wie mir jemand
den Kopf anhob und mir die Lippen mit kühlem Wasser
benetzte. Als ich die Augen öffnete, sah ich Kristin und
neben ihr stand Eagle, der mich anlächelte. „Lässt du
uns für einen Moment alleine, danke dir." Eagle setzte
sich neben mich und nahm meine Hand. „Ganz dein
Großvater, der musste sich auch erst an das Leben hier
gewöhnen, das sind die Geister der Heimat die
rebellieren, sie sind wütend,
aber harmlos, wir müssen ihnen ein Friedensangebot
unterbreiten…" Ich deutete auf die Schublade.
Eagle öffnete sie und nahm einen Umschlag heraus.
„Für mich?" Ich nickte. „Ah von deiner Mutter,
sie erzählte mir davon." Er öffnete ihn und las ihn und
während er las legte er mir die Hand auf die Stirn und
summte ein Lied.

Kapitel 2 – Fieber färben sie weich

Obwohl ich von Wasser umgeben war, hatte ich das tiefe Gefühl zu verdursten. Meine Harfe trieb auf dem sandigen Grund, der mit jedem meiner Schritte kleine Staubwolken in die Höhe zog. Die Kerzen die auf ihr standen, steckten nun neben ihr im Sand, beide brannten, die Saiten waren fast vollständig von dem weichen Grund bedeckt. Ich versuchte mich zu nähern, doch die Strömung drückte mich zurück. „Yasmeen…"
Dumpf drang mein Name zu mir. Als ich nach oben blickte sah ich einen Vogel um die Sonne kreisen, die durch die Linse des Wassers, einen verformten Körper trug, als würde sie unter ihrer eigenen Hitze tauen und wie weiches Wachs nach neuen Wegen suchen. „Yasmeen…" Durst. Ich spürte meinen Kehlkopf, wie er sich wund rieb auf gewohnter Strecke. Ich öffnete meinen Mund und plötzlich strömte all das Wasser, was mich umgab in mich, bis meine Füße in Wüstenfeinem Sand standen, mein Kleid im Wind flatterte, der auch meine Harfe von ihrer Decke befreite. Der Vogel war viel größer als ich dachte, immer wenn er über die Sonne glitt, wandelte er diesen Ort in Nacht. Sterne waren zu sehen und der Mond, kaum hatten seine Flügel das Sonnenauge wieder verlassen, befand ich mich in einer hell beleuchteten Wüste. Jeder Flügelschlag brachte einen Windstoß, der letzte war so kräftig, dass er die Kerzen löschte und die ganze Nacht brachte, die hinter den mächtigen Flügeln wartete.

„Yasmeen...“

Ich öffnete meine Augen. Eagle war über mein Gesicht gebeugt, ein Lächeln schälte sich aus dem Windgemeißelten Fels. „Da bist du ja wieder. Das Fieber ist runter. Warte ich helfe dir…“ Ich fragte ihn was passiert war. „Das kann ich dir nicht sagen. Du hast den ganzen Tag geschlafen, es ist schon wieder Nacht. Kristin und T-Bone haben mich zwischenzeitlich abgelöst, ich musste was essen und noch ein paar Abschiedsworte auf der Bühne sprechen, dazu konnte ich T-Bone nicht überreden. Nelly war auch hier, sie hat den Flug erstmal auf Ende der Woche verschoben. Deine Mutter hab ich auch informiert, es war schön mal wieder ihre Stimme zu hören. Warum wir nicht regelmäßig telefonieren? Ach, ich vergesse so schnell. In Briefen kann ich das Vergessene noch mal nachlesen, ein Krückstock für meine Erinnerungen. Du hast jetzt sicher Durst und etwas Hunger. Kristin bringt dir gleich eine Suppe und ich geh jetzt ins Bett, Schlaf ist ansteckend. Nein, dieses Fieber ist es nicht.“ Als er die Tür öffnete, stand auch schon Kristin in der Tür, die mir eine dampfende Schüssel auf einem Tablett brachte. Ich stellte mir sie auf den Schoß, die Suppe war noch zu heiß für erste Löffelschlucke. „Ich hab mir Sorgen gemacht. Erinnerst du dich an das Kleid, der alten Tänzerin, so rot war dein Kopf. Ich wollte schon einen Arzt holen, Nelly meinte nur, wir haben doch Eagle. Er ist wohl auch sowas wie ein Arzt, sagen viele und scheinen Recht zu haben. Deine Stirn ist echt wieder, ich sag mal normal,

ich kenn sie ja nicht…die Suppe ist aber von mir,
die hat mir meine Großmutter schon gemacht,
Großmütter sind auch so eine Art Ärzte,
wahrscheinlich sogar die Besten." Die Suppe war sehr
salzig, anscheinend war der Koch verliebt.

Die Sterne blinzelten schon durch mein Fenster,
die Müdigkeit war verschwunden, ich fühlte mich wie
eine alte Frau, als ich mich ans Fenster bewegte.
Die Unsicherheit des Neuen fuhr mir wohl bis in die
Knochen. Das Alter war vielleicht auch nur ein
taumelnder Vorbote eines großen Abschieds.
Schlaf würde ich jetzt nicht mehr finden, ich zog mich
an und wackelte nach unten. Am Empfang saß Kristins
Bruder und blätterte in einem Magazin, das er schnell
unter einen Stapel Blätter verschwinden ließ, als er mich
bemerkte. „So spät noch unterwegs, geht's dir besser?
Kristin hat mir schon ganz nervös davon berichtet.
Hast ihr ja ganz schön den Kopf verdreht…Wie ich das
meine? Komm schon, ich kenne meine Schwester länger
als sie mich, ich kenne ihre Vorlieben, Geschmack hat
sie, das muss man ihr lassen. Du hast das wirklich nicht
gemerkt? Sei ehrlich…also wenn du es zu mir nicht bist,
dann bitte zu meiner Schwester. Sie hat ein gutes Herz,
bitte brich es ihr nicht durch Unehrlichkeit,
diese Wunden heilen in Zeitlupe. Apropos, geht doch
mal zusammen ins Kino. Zurück in die Zukunft ist
wirklich…" Das Telefon läutete. „Zimmer 4. Ich muss
dann mal. Kannst gerne rausgehen, ich bin da, zieh
die Tür aber bitte zu, es sind noch zu viele Fremde in

der Stadt." Er nahm zwei Bier aus dem Kühlschrank und
eilte nach oben. Ich blickte unter den Stapel Papiere,
eine Zeitschrift mit Oberkörperfreien Cowboys.
Ich schob sie wieder zurück und ging nach draußen.
Die Sterne blinzelten nicht mehr, sie starrten jetzt auf
eine schlafende Stadt, die sich wieder zum Dorf träumte.
Ich ging bis an den Hügel, der über das alte Reservat
wachte. Unter gleißendem Scheinwerferlicht schraubten
die Bühnenarbeiter die Bühne in ihre Einzelteile zurück.
Ein Truck mit riesiger Ladefläche stand bereit um all die
Bretter und Stahlrohre in Empfang zu nehmen.
Armer Eagle. Ich konnte mir nicht vorstellen, dass er bei
all dem Lärm in den Schlaf fand. Ich hätte große Lust
gehabt, das ganze Treiben mit meiner Harfe zu begleiten.
Und plötzlich war sie da, diese Melodie. Ich schien sie
aus dem Traum mitgebracht zu haben, jetzt stieg sie mir
ins Bewusstsein und von dort auf meine Lippen.
Ich war überwältigt von ihrer Einfachheit und Schönheit.
Ich eilte zurück ans Hotel. Kirk saß nicht auf seinem
Platz. Ich stand mindestens 15 Minuten klopfend an der
Tür, dann hörte ich ihn die Treppen zu mir
hinunterlaufen. „Psst, die Leute schlafen doch.
Komm schon rein. Aber leise…" Ich rannte an ihm
vorbei, wortlos, kein Wort durfte sich zwischen die
Melodie und mir drängen. Wo war die Harfe. Bei Eagle.
Ich hatte sie ganz vergessen. Ich versuchte die Melodie
in Noten festzuhalten, aber dies war zu vage,
ich benötigte mein Instrument. So legte ich Worte
darüber um sie bei mir zu behalten.

Fieber färben sie weich,
meine Träume,
sie führen mich wie ein Fluß,
zurück zu dir.
Vorbei an Monden,
die sich von der Seite zeigen,
damit ich dort bin,
wenn du von Liebe sprichst,
sich wie Engel kleiden,
damit ich dort bin,
wenn du von Liebe sprichst.

Kapitel 3 – Kratzer und leise Narben

Ich blieb die ganze Nacht wach. Der Text wurde mir
ein Mantra, die Worte schälten sich zu Töne, verloren
ihre Bedeutung, fingen die Melodie mit ihren dünnen
Fingern. Ich durfte sie nicht vergessen. Ich drängte den
Schlaf zurück in seinen Bemühungen, die forsch und
aufdringlich waren. Andere Gedanken schlichen sich ein,
musterten meine Ausdauer, wahrscheinlich waren sie
ein klein wenig beeindruckt und verstummten für viele
Augenblicke, bis sie wiederkehrten. Als um 6 Uhr die
Kirchturmuhr schlug, eilte ich nach draußen, in der
Hoffnung niemanden zu begegnen, niemanden mit
Worten. Kirk und Carol kümmerten sich um den
Frühstückstisch, es duftete nach Kaffee und frisch
gepressten Orangensaft. Auf dem Flur hörte man das
Plätschern der Dusche. Keine Worte, ich blieb unsichtbar.
Vor der Tür bereitete sich die Sonne für ihren Auftritt,
trug am Morgen schon ihr rotes Abendkleid, sie war auf
den Abschied vorbereitet. Ich rannte auf den Hügel,
die Bühnenarbeiter beluden gerade noch die Ladefläche
des Trucks, die Bühne war verschwunden. Eagle saß auf
seiner Veranda, die Füße auf der Brüstung, ich sah ihn
zum ersten Mal rauchen. Er hatte mich wohl bemerkt,
er winkte mich zu sich. „So früh schon wach? Oh ich
konnte gut schlafen. Der Trick ist vor dem Lärm
einzuschlafen, die Türen meiner Träume sind
Schalldicht. Irgendwann musste ich mal Wasserlassen,
dann war's auch mit dem Schlaf vorbei. Deine Harfe?
Die steht noch im Wohnzimmer, hab sie nicht angerührt,

klar geh rein…" Ich öffnete den Koffer und es dauerte mehrere Anläufe bis ich die richtigen Töne traf, jene die ich notiert hatte, lagen ziemlich daneben, was für eine Leistung doch der taube Beethoven erbracht hatte. Jetzt hatte ich sie eingefangen „Das klingt gut, sehr gut sogar. Ist das von dir?" Ich erzählte Eagle von dem Traum und von Kristin. „Weißt du, ich mische mich da nicht ein, weder in Träume noch in Liebschaften, meine Meinung ist in beiden Fällen die eines Unbeteiligten. Du bist der Träumer, du bist die Liebende, vielleicht hängt beides zusammen. Ich habe keine Antworten. Vielleicht hast du Eine für mich?"
Ich musste gestehen, ich hatte mir noch keine Gedanken über seine Frage gemacht, sie schien mir im ersten Moment provokant und dann mache ich meistens dicht, meine Mutter kann davon ein Lied singen.
Ich vertröstete ihn. Er nickte und bat mich nach draußen. „Sieh mal, jetzt ist der Grund zu sehen, irgendwo dort lagen meine Freunde und auch der Jäger. Kennst du die Geschichte von dem Jäger und dem Wolf? Ich erzähl sie dir…" Ich kannte die Geschichte schon in Teilen doch jemand, der sie mit eigenen Augen sah…fügt andere Worte ein, trifft jene Noten, welche die Wahrheit treffen und diese reichen in die Tiefe, ob man möchte oder nicht. „Ja, so war das. Nein, wie gesagt Sue-Ann hab ich nur noch einmal gesehen, nannte sich Madame Irgendwas, ich glaube irgendwas Russisches war's. Was ich damit eigentlich sagen wollte, die Tage waren für mich wie ein Pflaster, ein Pflaster aus Holz, Stahl und Verstärkern, sie verdeckten eine Wunde,

die jetzt im Freien, wieder atmen kann, aber die Haut ist noch dünn, auch nach 95 Jahren, das wird sie immer bleiben. Magst du mir noch mal das Lied spielen…?"
Er setzte sich zurück auf den Schaukelstuhl auf der Veranda, zündete sich eine Zigarette an und lauschte meiner Harfe, die nun für uns beide sang.

Erst das Abfahren des Trucks unterbrach mein Spiel. Ein lauter Donner und eine Staubwolke waren das Kurzzeiterbe dreier Tage, was im nächsten Jahr wieder an den Tisch rief. Jetzt konnten die kleinen Vans, Jeeps und sonstige Fahrzeuge auf das Gelände fahren und jene Dinge verstauen, die erst jetzt sichtbar wurden. Immer wieder kam ein Fahrer zu Eagle, schüttelte ihm die Hand, führte ein Pläuschchen bis Nelly kam und diese Aufgabe übernahm. „Keine Ahnung, ob es nächstes Jahr noch mal stattfindet, wahrscheinlich erst wieder zum 100sten, dann sitzt vielleicht du hier und bringst mir ein paar Blumen in den Wald, wenn T-Bone meine Gene hat, hilft er dir vielleicht bei all dem Wahnsinn hier. Ich will ehrlich sein, das Leben hier ist nicht einfach. Hier gibt es außer dem Museum, ein paar Kneipen und Alltagsgeschäfte nichts Besonderes. Die jungen Leute treibt es weg und kommen nicht wieder, außer sie heißen Wheeler. Die Touristen werden auch weniger, wer hat schon Lust auf schlechte Stimmung. Vielleicht sollte der Grund hier zu bleiben tatsächlich nicht nur ein Ideeller sein, Liebe wird das Argument sein, wenn dir hier die Decke auf den Kopf fällt und dich die Launen der Besucher nerven.

Ich mach es nicht leichter, oder? Komm, wir fahren ein wenig durch die Gegend. T-Bone müsste hier auch gleich aufkreuzen. Wenn man..."

Wir fuhren mit T-Bone kurz vor das Ortsschild des nächsten Dorfes, dort bogen wir links in ein staubiges Feld, was nur von Büschen und Hungerleider Bäumen bewohnt war, zuerst dachte ich, es wären Kakteen. „Du schaust wohl zu viele schlechter Western... aussteigen." Die Nacht hatte sich noch nicht ganz in den Tag verwandelt, da war noch schüchternes Rot und es wehte ein weicher Wind über das dürre Gras. „Passt auf wo ihr hintretet, für Schlangen ist es noch zu früh, aber auch die schlafen irgendwo. Dort vorne, kennst du es noch Bone?" Er zuckte nur mit den Schultern und achtete auf seine Schritte, ich ging am Ende. Plötzlich hielt Eagle inne und setzte sich. „Setzt euch. Auf dem sandigen Boden lagen einige Steine. „Es sind genügend Steine für jeden da." Jeder setzte sich auf Einen. Ein kleiner Kreis aus drei Leuten, wovon zwei nicht wussten, warum sie hier waren. Eagle nahm ein kleines Säckchen aus seiner Jacke und schraubte eine Pfeife zusammen. „Nenn sie ja nicht Pfeife. Es ist eine Flöte, die man mit Tabak füllt. Wie genau sie funktioniert musst du nicht wissen, nur so viel, du atmest ein, dann drehst du den hinteren Teil und bläst den Rauch wieder hinein, dort sind die Löcher, wie bei einer Flöte. Kannst du dich wieder erinnern Bone? Er nickte und beobachtete seinen Vater wie er Tabak in die Flöte stopfte, ihn anzündete, einen tiefen Atemzug nahm, das hintere Flötenstück in seiner Windung drehte und den Rauch wieder zurückblies, es ertönte eine kleine Melodie die mit dem Rauch noch oben stieg. „Jeder in eine andere Richtung." T-Bone war als Nächster dran, atmete ein, atmete aus und ließ den Rauch in einer kleinen Melodie ins Freie. „Jetzt du." Ich zögerte, atmete ein und …bekam einen Hustenanfall. „Sag mal Kind, hast du den jetzt auf Lunge gezogen? Hast du noch nie geraucht? Nicht? Was machen die jungen Leute heute eigentlich noch?" T-Bone klopfte mir auf den Rücken, Eagle und er mussten lachen.

„Der Rauch ging auf jeden Fall in die richtige Richtung. Gibst du sie mir wieder?" Eagle nahm noch mal einen Zug und blies ihn in die noch nicht bedachte Himmelsrichtung. „Geht's wieder? Gut." Dann begannen er und T-Bone zu singen. Es waren keine Worte, keine Sprache, es kam tief aus der Seele, wie ich es vorher noch nie gehört hatte. Eine Melodie die zugleich Rhythmus war, die T-Bone mit Klopfen auf seinen Schenkeln begleitete. Der Wind wurde stärker „Fischherz sing mit uns."
Nun war ich die Flöte, ließ meinen Atem durch mich strömen und hoffte, dass er meine Seele strich, damit sich das Zögerliche in Erfülltes wandelte.

Wind erntet zwischen,
Kratzer und leisen Narben,
Zurückgelegtes,
meiner Ahnen,
das an wundoffener Stell',
Tag ist, Sonnenhell.
Und wenn er's sagt mit seinem Lichte,
so spür ich die Krallen aller,
die mich fassten, die mich ließen.

Kapitel 4 – Ich liebe den Regen

„Ja, Eagle hat's mir schon erzählt. Mach dir keinen Kopf, hast du denn Auftritte in den nächsten Tagen? Dann genieß doch noch die Zeit dort, hast du einen Fotoapparat mit? Vergessen. Natürlich. Vielleicht kannst du dir eine Kamera leihen, ich hätte schon gerne etwas von deinem Aufenthalt in den USA gesehen. Den Auftritt hab sie noch nicht übertragen, nein. Ach so, der Einzige der ungeduldig ist, ist dein Bruder, der kann den Klops kaum erwarten, also dich natürlich auch... kennst ihn ja. Eagle hat den Brief auch bekommen, sehr gut. Dann lass es dir noch gut gehen, grüß mir Eagle!" Als sie auflegte, legte ich mich aufs Bett, versuchte die letzten Stunden einzuordnen, vielleicht würde mir etwas Schlaf helfen, ich fühlte mich noch immer etwas zwischen den Welten und mein Körper spähte noch immer nach Halt. „Bist du da? Kann ich rein? Hey du. Geht's dir wieder besser? Gestern hab ich mir echt Sorgen gemacht, lagst da wie ein halbes Gespenst, hatte schon Angst, dass du den Kopf einmal um 360 Grad drehst. Wie? Den hast du nicht gesehen? Aber die Szene kennst du? Puh, sei froh, bei schlafenden Menschen muss ich jetzt immer an Besessene denken. Zum Glück hängt in jedem Zimmer ein Kreuz, dann ist schnell ein Gegenmittel zur Hand. Du hast einen neuen Song? Klar will ich den hören..." Ich nahm meine Harfe und spielte die ersten Akkorde, in dem Moment hörte ich erste Tropfen anmarschieren, sie klopften leise an das Fenster, ich hätte mir keinen besseren Rhythmus für den Song vorstellen können. Als ich den Refrain wiederholte sah ich die Gänsehaut auf Kristins Armen und als die letzten Töne verklangen, saßen wir in einer Stille die sich aus unzähligen Augenblicken addierte. „Du, das ist..." Sie rückte näher. Ich war ihren Augen noch nie so nah, konnte zum ersten Mal eine Farbe orten, ihren Atem spüren. „Ich, ich... kenne ein Studio in der Nähe, die nehmen Singles, quasi to-go, auf. Der Song muss in die Welt und du hast ein Andenken an hier, wenn du wieder nach Hause fliegst...Ja jetzt. Du bist lustig, wann denn sonst?"

Ich liebe den Regen,
seine Spiegel,
die er hinterlässt,
sie zeigen stets den Himmel,
und uns,
wenn wir nah genug,
beisammen stehen.

Das Studio lag gegenüber der Mall. In dem Plattenladen, von dem mir Kristin bereits vorschwärmte, gab es ein kleines Studio, nicht größer als ein Kleiderschrank oder eine Telefonzelle, ein Mikrofon das mit einer Glühbirne von der Decke hing und ein kleines Brett mit einem übervollen Aschenbecher, entsprechend verqualmt roch der kleine Raum und ich war mir nicht sicher ob ich dort mit meiner Harfe Platz finden sollte. „So die Damen, seid ihr ne Band? Lasst mich raten, Folk? Country? So'n Carpenters, Joan Baez Ding?

Ach so keine Band, du sorry, aber das Ding, kriegen wir da nicht rein, kannst die Akkorde auch auf einer Gitarre zupfen, kannste nicht? Ich? Nö ich bin Schlagzeuger, schau, das T-Shirt, das sind wir…ja, der Schriftzug ist unleserlich, aber das gehört so, ist ja auch keine Musik für brave Mädels, sondern für böse Jungs. Du kannst? Sehr gut. Euch beide kriegen wir da unter, müsst halt ein bisschen zusammenrücken." Ich wusste nicht, dass Kristin ein Instrument spielte, der Typ mit den langen Haaren und dem flaumigen Möchtegern Bart, drückte ihr eine Westerngitarre in die Hand. Sie war rundum mit Stickern beklebt und die Saiten ziemlich rostig, aber sie war gestimmt. „Seht ihr das rote Lämpchen dort auf dem Tisch, wenn das an ist, läuft die Aufnahme. Wollt ihr noch etwas warten, ich meine, der Regen ist ziemlich stark, könnte sein, dass man den auf der Aufnahme hört, die Wände sind leider sehr dünn. Nö? Gut, dann setz ich mich mal in meine Kommandobrücke und schmeiß das Band an, ähm, bevor es losgeht, ich mach das auf Vorkasse, wenn ihrs verbockt, ist das eure Schuld, ihr habt 3 Versuche. Du zahlst? Prächtig, könnt euch später noch ne Hülle dazu aussuchen. Andy presst euch dann, wie viel Stück? 5 sind Minimum. 10. Du 5, du 5, das ist nur fair. Gut legen wir los, muss gleich wieder in den Laden. Andy übernimmst du den Verkauf, ich brauch hier ne halbe Stunde, Tür zu! Danke. So die Damen. Kopfhörer auf, über die könnt ihr mich auch hören. Ich schraub das Mikro noch schnell ein wenig tiefer, die Gitarre muss auch aufs Bild, perfekto, so jetzt bekomm ich erstmal ein A von euch beiden…Gut, du mit der Gitarre, rück noch etwas näher ans Mikro. Besser. Ziehste die Tür zu? Dann….Band läuft!"

Wir hatten noch nie zusammen gespielt und Kristin hörte den Song 2x, doch sie traf jeden Ton. Ich war es nicht gewohnt zu singen, ohne mich selbst zu begleiten. Der Regen klopfte an die Wände, gab den Rhythmus, an den wir uns beide hielten. Als ich den Refrain wiederholte, sang Kristin die zweite Stimme, in der Aufnahme klang sie fast gespenstisch, wie sie sich plötzlich aus Meiner herauslöste und die Melodie in eine andere Richtung führte, nur um sich ein paar Takte später wieder der Grundmelodie anzuschließen.

Die Saiten scharrten am verkratzen Holz der Gitarre, schälten es in die Aufnahme. Holz und Stahl, Baum und Stein gehalten und geführt von etwas Geist, der sich für einige Minuten über die Stille erhob, bevor wir in sie zurückkehrten. Der letzte Akkord, war der Erste, keiner mehr der folgte…wir gaben ihm alle Zeit, bis er zurück in eine andere Zeit floss. Ich deutete durch die vergilbte, leicht angelaufene Scheibe, dass die Aufnahme beendet sei, der Typ mit den langen Haaren nickte und das rote Licht erlosch. In dem Moment küsste mich Kristin, ich erwiderte, sie berührte sanft meine Wange, ich berührte ihre Hand, die meinen Kopf hielt, hielt was mich hielt…ich wollte den Moment nicht lassen. Ein Geschenk.

„Was ist los Mädels, die Aufnahme ist beendet, ich hab noch zu tun, übrigens der Song ist echt stark. Bekomm ich eine Kopie? Mann, ein Take und ihr habt noch nie zusammen gespielt…ich fass es nicht, hast du gehört Andy, One Take! Die Bänder wandern für ein halbes Jahr ins Archiv, falls ihr noch mal nachpressen wollt. Kommt heute gegen 5 wieder, dann könnt ihr sie mitnehmen. 10 Stück, richtig? Wollt ihr ein bestimmtes Motiv…auch ok, dann könnt ihr die Hüllen selbst bemalen. Füllt bitte noch den Zettel aus, Songname, Komponist, Beteiligte, das wars dann auch schon. Ey, einen Versuch, ich fass es nicht.

Und die Sonne kommt auch raus…"

Kapitel 5 - Der sie in Spiegel wandelt

„Ich zeig dir meinen Lieblingsplatz, als Kinder fuhren wir nach der Schule dorthin, blieben länger als wir sollten, immer in Sorgennähe unserer Eltern. Sollen wir vorher noch was essen?" Ich schüttelte den Kopf, keine Worte verließen diesen brennenden Ort, der weder Hunger, noch Durst empfand, Verwirrung und das Gefühl als würde ich ein Versprechen brechen, welches ich nie gab. Keine viertel Stunde von der Mall entfernt, wurde es grüner und heißer, als hätte dieser Ort keinen Regen gesehen. Weizenfelder ließen sich vom Wind streicheln und das Licht brach sich wie in goldenem Haar. „Du bist so still, alles ok bei dir? Ich wollte dich nicht verunsichern…ich…" Ich griff ihre Hand, die auf der Gangschaltung lag und immer wieder Haken zeichnete. Wir bogen zwischen eines der Felder. Ein staubiger Weg führte an einen Teich mit einem Steg und ein paar Bäumen, die auf den dahinter liegenden Wald wiesen. Wir stiegen aus und setzten uns auf den Steg. Das Wasser glitzerte und ein paar Enten ließen sich vom Wind über das Wasser schaukeln. Kristin zog ihre Schuhe aus und ließ ihre Füße in das lauwarme Wasser baumeln. Ich tat es ihr gleich. „Hast du, ich meine, hat dich zum ersten Mal eine Frau geküsst?" Ich bejahte, bisher hatte ich nur Jungs an meiner Seite und ich wusste nicht wie Frauenlippen schmecken, außer die meiner Mutter in jungen Jahren, Schulwegküsse. „Ich? Soll ich ehrlich sein…Ja. Aber nicht, dass du denkst ich mache das mit jedem unserer Gäste, also weiblichen

Gäste, obwohl es einfacher wäre, für den Moment
einfacher, vor den Gerüchten, wäre schon der Abschied
und wahrscheinlich einer für Immer. Das ist schlecht
fürs Geschäft und wir sind eine christliche Kleinstadt,
wo Mann und Frau und Ehe und Kinder auch das
Statussymbol derer ist, die sonst unsichtbar sind,
so wird man zumindest für kurze Zeit, ein gesehener
und akzeptierter Teil dieses Kaffs. Ich und…woher weißt
du das…ja auch mein Bruder, leben ein Geheimnis.
Carol weiß es, aber es interessiert sie nicht, sie will weg
von hier, wir alle wollen weg von hier. Der Ort trägt an
seiner Geschichte und er steht auf dünnem Eis.
Eagle ist die Seele dieser Stadt, wenn er seinen letzten
Flug startet, versinkt der Ort in seinen uralten Lügen.
Meine Eltern haben es richtig gemacht, also der
Entschluss zu verschwinden, aber sie hätten uns
mitnehmen und uns nicht mit dem Erbe der Wheelers
alleine lassen sollen, du möchtest nicht wissen,
welche Schimpfwörter ich dafür habe, wobei,
dann hättest du das Gefühl, doch den schiefen Mund
eines Kerls geküsst zu haben…" Noch ehe ich
reagieren konnte, ließ sie sich vornüber ins Wasser fallen
und tauchte unter, ich sprang hinterher. Das Wasser war
trüb, nur die Oberfläche war Spiegel, ich spürte Algen
und Äste unter mir…der Grund war sandig…ich konnte
Kristin nicht finden, das dunkle Wasser drückte mir mit
seinen schmutzigen Fingern in die Augen.

Der Tag, der sie in Spiegel verwandelt,
hält Rosen in der Hand,
sie duften nicht nach Tod,
selbst Bienen trauen sich noch an ihre Blüten,
ich sah dich auf den Grund sinken,
an einen Ort der durstig ist,
uns, sich und seine Spiegel ließ,
für eine Rückkehr,
die an Abschied litt.

Ich tauchte auf, rang nach Luft... Plötzlich schnellte sie
neben mir, wie ein Korken nach oben. Sah mich an...
ich wusste nicht mehr: was war an mir Träne und Wasser
und Wut.... Sie lachte, merkte, dass mein Lachen weit
entfernt von ihrem war. „Tut mir leid..." sie schwamm
auf mich zu, ich schwamm zum Steg... „Warte, bitte.....
bitte..." Sie umarmte mich mit einem Arm, der Andere
ruderte um das Boot am Sinken zu hindern ...
„Entschuldige..." Ich versuchte ihre Umarmung zu
erwidern, doch wir entglitten einander, einmal, zweimal,
dreimal...jetzt war mein Lachen in ihrer Nähe,
wir beide lachten...beendeten es mit einem Kuss,
durch die Gitterstäbe, die uns gerade noch trennten.
„Ich glaube wir müssen wieder los...unsere Jungs
warten auf uns..."
Wir wrangen unsere Klamotten so gut wie möglich aus
und legten sie auf die brühend heiße Motorhaube ihres
Autos. Ich wollte mich ihr noch nicht nackt zeigen,
stellte mich auf die andere Seite des Wagens, hoffte,
dass nicht noch andere nach Abkühlung suchten.

„Geht's dir gut da drüben? Ich glaub wir können
wenden, bevor sie Feuer fangen…sonst müssen wir
nur mit Schuhen in den Laden, das würde den Beiden
bestimmt gefallen, vielleicht bekommen wir die Platten
dann doch umsonst…" Ich meinte nur, dass ich
denselben Preis lieber noch mal bezahle,
bevor das geschieht.

„Da seid ihr ja, wollte in 10 Minuten dicht machen,
wart ihr äh schwimmen? Mit Klamotten? Rührt mir ja
nicht die Platten an. Also hier, 5 für dich, 5 für dich und
eine für mich. Die müsst ihr natürlich nicht bezahlen.
War mir eine Freude. Wollt ihr noch mal reinhören,
ich meine, jetzt ist es zu spät, aber wir könnten sie noch
einstampfen…Na ihr habt Vertrauen. Also dann, war
mir eine Freude, das mein ich wirklich so. Ähm, hast du
nicht vor ein paar Tagen auf dem Festival gespielt…jetzt
mit den feuchten Haaren, kommst du mir bekannt vor,
schon, oder?"

Wir fuhren zum Hotel. Kristin hatte gleich Schicht,
dort hatte sie auch Wechselklamotten. „Wollen wir sie
uns später gemeinsam anhören? Wir haben unten einen
Plattenspieler, also wenn die Gäste weg sind und du
noch wach bist, ganz leise natürlich…Ja?
Ich freue mich!"

Kapitel 6 - Der Duft von abgelöschtem Asphalt

Die Abendsonne war mild und doch zog sie an der
Feuchtigkeit des Asphalts, der wie ofenfrisches
Essen dampfte. Eagle ging gerade mit T-Bone über das
nun leere Museumsgelände. T-Bone hatte einen Stock
mit einem Stachel, wo er die Reste der letzten Tage zu
fischen versuchte, was nicht auf dem Stachel Platz fand,
musste in einer seufzenden Kniebeuge seinen letzten
Gang in einen blauen Müllsack antreten, den Eagle mit
sich schleifte. „Ah Verstärkung. Sack oder Stachel?"
Ich entschied mich für den Stachel, T-Bone übernahm
den Sack und Eagle lotste uns von Dose zu Pappbecher,
durchweichten Servietten und Papptellern und
weggeworfenen Flyern, die ihren Sinn nicht erfüllten,
vielleicht war es auch nur der Wind, der sie ihrer
Aufgabe entriss. „Dein letzter Tag heute, oder? Schau dir
das an, da hat sogar jemand seine Schuhe vergessen,
das muss man doch merken…" „Der war sicher so high,
der hat den Boden gar nicht mehr gespürt." „Ich war
damals auf Woodstock als Roadie, dagegen waren die
paar Tage hier ein katholisches Zeltlager. Soll ich dir was
abnehmen? Mit zwei Händen arbeitet es sich leichter,
die sind für uns? Schau mal Dad, Geschenke!"
Eagle nahm die Platten, ohne etwas zu sagen, legte sie
auf die Brüstung der Veranda und ließ seinen Blick
weiter über das Gelände streifen. Erspähte er etwas,
ging er dort hin und wir folgten, dies ging so lange bis
das Sonnenlicht in Gänze hinter dem Berg verschwand,
sich unsere Schatten mit der Dunkelheit verbanden.

Der Sack war bis zu ¾ gefüllt und T-Bone zog ihn wie
ein sommerlicher Weihnachtsmann, hinter sich her.
„Morgen den Rest. Bierchen?" Ich verneinte, Eagle auch,
er machte sich einen Kaffee, ich wusch derweil zwei
Tassen für uns. „Wasch T-Bone auch eine, dann wirkt er
mit seiner Dose nicht ganz so wie ein Aussätziger.
Das war wohl dein Abschiedsgeschenk, ich sehe du hast
dich entschieden." Ich versuchte zu verneinen…fand nur
ein Schweigen. Ich weiß nicht ob es richtig ist…"
Dass du hier bleibst? Da gibt es kein Richtig oder Falsch.
Es war eine Frage, da gibt es nur ein Ja oder Nein,
beides hat seine Gründe. Was macht dir Angst,
die Geister? Glaub mir, die haben mehr Angst vor den
Lebenden, die sie vergessen, das ist ihre größte Angst.
Kristin? Ich verstehe. Da kann ich dir weder ein
Richtig oder Falsch, ein Ja oder Nein anbieten, in der
Liebe entscheidet der, der liebt. Schau mal, T-Bone
schläft, da wird er wieder zu einem Kind, er ist die Liebe
meines Lebens, seine Mutter starb früh, ich zog ihn
alleine auf, es mag seltsam klingen, auch wenn er jetzt
auf die 70 zugeht, er ist mein Kind, mein Baby und
gleichzeitig ist es meine größte Angst, dass er vor mir
geht, an Alterschwäche stirbt, noch bevor sie mich ereilt,
der viele Alkohol, macht ihn müde, müder als er
eigentlich ist. Und soll ich dir ein Geheimnis verraten,
er hat keine Familie, ich bin seine Familie, die Gründe
sind dieselben wie die von Kristin und ihrem Bruder.
Nein, das wissen alle. Unterschätz den Dorffunk nicht,
der funktioniert auch in einer kleinen Stadt, die Leute
sagen nichts, was sollten sie auch sagen, was sollten sie

zu T-Bone sagen? Vor ihm hatten sie Respekt, weil er
3 Köpfe größer ist und bei den Philharmonikern Harfe
spielte, mehr von der Welt sah, als alle aus diesem Ort
zusammen, ausgenommen der Löwe vielleicht.
Sein Problem waren nicht die Leute hier und auch nicht
der Alkohol, sondern die Einsamkeit. Er versuchte sie
weg zu trinken, dann wurde der Alkohol das Problem,
jetzt hat er zwei Probleme. Manchmal wünschte ich mir,
er würde vor mir gehen, denn wenn ich gehe,
hat er niemanden mehr, verstehst du? Kristin wird ihren
Weg gehen, wahrscheinlich werden die drei das Hotel
verkaufen, schlimmstenfalls an den Löwen, dieser Ort
ist nichts für junge Menschen, darüber musst du dir im
Klaren sein. Das Museum beschäftigt dich für ein paar
Stunden, dann ist aber noch der halbe Tag übrig,
du lebst die Musik, vielleicht trägt und füllt sie den Rest
des Tages, vielleicht ist es auch Kristin oder beides,
je mehr desto besser, aber die Aufgabe alleine, macht
dich einsam. Hätte ich T-Bone nicht, ich läge schon
längst bei meinen Vorfahren. Das sind alles Dinge,
die hätte ich dir vielleicht viel früher erzählen sollen,
es war nicht fair, dich zwischen Tür und Angel um eine
Entscheidung zu bitten, deshalb lass dir die Zeit,
die du für ein klares Ja oder ein klares Nein benötigst,
ist es nicht klar, überdenke es noch mal. Flieg nach
Hause, sprich mit deiner Mutter, geh deinem Alltag nach
und lass die Frage wirken, bis sie sich dir irgendwann
als Antwort aufdrängt, ungemütlich wird, dann ist der
Zeitpunkt gekommen. Lass dir Zeit, auch mit Kristin,
auch sie wird sie dir geben müssen, Liebe hält das aus.

So jetzt wecken wir T-Bone mit sanften Harfenklängen,
am Ende meint er, er sei schon im Himmel.
Keine Harfe...?"

Einsam,
jede Wiederholung,
auch der Duft von abgelöschtem Asphalt,
Regen an falscher Stelle
und doch so schön,
fern von jeder Quelle
und doch so schön,
der Grund warum ich Barfuss gehe,
wenn die Sonne dort ihre Wangen kühlt,
ein Versprechen, das stets gehalten,
der Duft von Teerblüten,
keine hab ich je gepflückt.

Wir saßen um die kleine Kompaktanlage,
der Schallplattenspieler war wohl schon länger nicht
mehr im Betrieb, die Nadel trug einen Bart aus Staub.
Die Platte knisterte, obwohl sie neu war, ihre Ränder
noch scharfkantig, nur eine Seite bespielt,
die andere glänzte wie ein schwarzer Spiegel.
Mit den ersten Gitarrenakkorden schlug T-Bone seine
Augen auf „jetzt wär ich beinahe eingeschlafen...
wer ist das? Du? Das ist aber keine Harfe...aber du
spielst gut, die Akkorde sind nicht gerade einfach zu
greifen...das ist Kristin? Eine Überraschung jagt die
Nächste...das ist gut, sehr gut sogar. Eine ist für mich?
Das ist lieb von dir...oh was war das?" Als der Song

endete, hörte man eine Art Kuss und meine Worte…
ein Geschenk… „Mach noch mal, ich hab's nicht
genau gehört…" Eagle setzte die Nadel noch mal auf
den Schluss…sie bemerkten nicht wie ich errötete und
am liebsten zwischen den Münzschlitzgroßen Spalten in
Eagles Holzfußboden versunken wäre. " Keine Ahnung,
ein Schmatzen, ein Knistern…die Worte sind auch nur
leise…hm, seltsames Ende, bei wem habt ihr die
aufgenommen? Bei Andy und Lenny, ok, da wundert
mich nichts. Aber es ist ein schönes Andenken,
danke dir, komm mal her." T-Bone umarmte mich,
seine Nähe roch nach Zigaretten und Bier, doch sein
Herz war durch all das zu spüren. Eagle schwieg und
nahm die Platte vom Teller und steckte sie zurück in die
Hülle und gab sie T-Bone. „Ich bin müde. Wir sehen uns
morgen. Bone, sperr du bitte ab, wenn du gehst."
Ich hörte ihn ins Nebenzimmer gehen und die Türe
schließen. „Nimm's nicht persönlich, ihm gefällt der
Song, sonst hätte er es gesagt. War ein langer Tag,
ich mach mich auch auf den Weg, danke dir nochmal
für das tolle Geschenk. Soll ich dich noch zum Hotel
fahren? Ja, ein Spaziergang, wär auch meine Wahl, aber
meine Knochen tragen mich nicht mehr so weit, ist ja
doch ein Stück. Gute Nacht Dad…" Es kam keine
Antwort, er knipste die Anlage und das Licht aus,
zog die Tür hinter uns zu und schloss ab. „Wie lange
bist du noch da? Morgen Mittag geht's wieder zurück?
Dann sehen wir uns…" Er stieg in seinen roten Jeep,
winkte aus dem Fenster während er an mir vorbei fuhr.
Wahrscheinlich hätte er auch gehupt…als ich auf dem

Hügel stand und auf das Gelände blickte, sah ich wie in
Eagles Haus, das Licht anging. Diesen Moment empfand
ich als verletzend, auch wenn ich es nicht genau
erklären konnte, wahrscheinlich ging er nur auf
Toilette und trotzdem, erschien mir sein Abschied nur
als Vorwand.

Als ich am Hotel ankam, stand Kristin schon in der Tür,
gelehnt an den Türrahmen wie James Dean, ich kannte
sie nur mit Kleidern, jetzt trug sie eine Jeans und ein
Hemd, es waren wohl die Klamotten ihres Bruders, ihr
Kleid wahrscheinlich noch immer klamm. „Da bist du ja.
Die letzten Gäste sind jetzt aufs Zimmer, wir haben den
Saal für uns, ich kann es kaum erwarten, ich kann dich
kaum erwarten."

Kapitel 7 - Der mich Barfuss laufen lässt

Es brannte kein Licht mehr im Frühstückssaal,
nur 2 Kerzen auf dem mittleren Tisch, es war noch nicht
für das Frühstück aufgedeckt. Der Schallplattenspieler
stand dort, wo sonst die Wärmeplatten mit Rührei und
Würstchen auf das morgendliche Gedränge warteten.
„Ich musste echt stark sein, um nicht schon einen kleinen
Lausch zu riskieren. Darf ich?" Sie löste die Single aus
ihrem Pappschuber und legte sie auf den Teller,
der erst zögerlich zu rotieren begann, als Kristin den
Tonarm anhob. „Manchmal muss man den echt
anschieben, der ist noch von meinen Eltern, jetzt…"
Die ersten Töne unseres Songs erklangen, ich hatte als
Titel die ersten Zeilen des Textes angegeben, so stand auf
der Papphülle auch mit schwarzem Filzstift:
„Fieber färben sie weich"…Kristin saß ganz nah an der
kleinen Box und lauschte aufmerksam…"Ah, hast du
gehört, der Ton ist mir vom Finger gerutscht, ich hoffe
das ist nicht schlimm, Mensch das Mikrofon stand viel
zu nah, da hört man echt jede Unebenheit…" Nicht nur
das… „Hab ich richtig gehört…noch mal…hat der Idiot,
das tatsächlich mitgeschnitten? Eagle und T-Bone habens
auch schon gehört? Oh Gott, haben sie was gesagt?
Ich, wir können uns nicht mehr blicken lassen…
Klar erkennt man das, ach T-Bone, aber Eagle,
sehr wohl…ich fahr da gleich morgen hin, der soll das
noch mal pressen. Schlimm…nein schlimm ist es nicht,
aber peinlich...findest du nicht? Doch, siehste…oh Mann.
Aber sonst, doch sonst ist es wundervoll. Die Gitarre,

hat mir noch mein Vater beigebracht, hab dann auch in ein paar Bands gespielt, zusammen mit Kirk, naja dann sind meine Eltern abgehauen, dann war dafür keine Zeit mehr…" Sie setzte die Nadel noch mal auf die Platte. „Darf ich?" Sie reichte mir die Hand zum Tanz. Tanzen war nicht meine Stärke. „Egal, lass dich einfach treiben, wir sind nur verlängerte Melodie." Anfangs war's ein Stolpern, das ich peinlicher fand als den Schluss der Platte, wir mussten beide lachen, das bezwang die Gedanken mit einer tödlichen Lanze und wir ließen uns von der Musik führen, die zur Nähe bat und wir gehorchten, unser Atem war jetzt lauter als ihre Gitarre, als mein Gesang, bei beidem war er anwesend, jetzt war er hörbar, spürbar. 4:33 Minuten. Ich weiß nicht, wie viele Minuten wir aneinanderreihten, bedauerten die Kürze des Liedes, begrüßten die Schönheit seines Endes und spielten diesen nach, ohne ihn zu spielen. Wieder und immer wieder.

Sie fragte ob sie mit hoch kommen darf. „Keine Angst, ich möchte nur bei dir sein, neben dir liegen und mit dir einschlafen, spüren wie es ist, neben jemanden einzuschlafen den man…" Ich nahm ihre Hand und wir gingen nach oben, auf Zehenspitzen, um die wenigen Gäste, nicht zu wecken, wenn dies nicht schon die Musik tat. Sie ließ das Hemd an, ich mein T-Shirt und bemerkten die Begrenztheit des Bettes und unser beider kalten Füße. Ich wunderte mich, dass jemand kältere Füße als ich haben konnte. Wir lagen auf der Seite und blickten uns durch die Dunkelheit in die Augen, während ich ihr durch ihr kurzes Haar fuhr.

„Ich trag es erst seit ein paar Wochen so kurz,
ich hatte sie vorher so lange wie du, aber das ständige
nach oben binden, dass ja kein Haar in der Suppe landet,
hat mich echt genervt und dann sah ich Natassia Kinski
in Cat People, genauso so wollte ich aussehen,
zumindest meine Haare…ich glaube die würden dir
auch stehen…" Sie strich über mein Haar und nahm
eine lange Strähne die sie sich um den Finger winkelte.
Ich spürte wie ihr Herz raste, so nah lag sie und wie
unsere Wärme langsam die Seiten wechselte, bis auf die
Füße, die wir erst in der Bettdecke anwärmten. Es war
befremdlich, ihre Haut zu spüren, ich legte mich auf den
Rücken und sie legte ihren Kopf auf meine Brust, in der
mein Herz aufgeregt an meine Wände schlug.
„Wie soll ich da denn einschlafen, wenn bei dir noch
Party ist. Nein, lass, es ist schön. Können wir uns das
Dach wegwünschen? Ich würde jetzt gerne mit dir auf
den Sternenhimmel blicken und uns einen Stern
aussuchen, den wir aufsuchen, wenn du wieder bei dir
bist, dann, ach es klingt kitschig, du kannst es
wahrscheinlich besser in Worte fassen, ich kann nur
Gitarre…" Die Worte wurden weniger unsere Herzen
ruhiger, ich merkte wie mir der Arm einschlief,
aber ich wollte sie genau an dieser Stelle,
dort wo alles ruht, was man liebt.

Ein Sommer,
der mich barfuss laufen lässt,
beugt sich über uns,
lässt uns reifen hin zur Süße,
die verborgen liegt,
im noch sanften Herbste,
in den Sternen schon ein Name,
geritzt in die schwarze Plane,
die uns die Lichter hält.

Kapitel 8 - Ehe die Sonne mir es wieder verbietet

Die Vögel sangen schon, als sich die Tür schloss.
Ich hörte sie die Treppen hinab schleichen, das alte Holz
verriet den Versuch unsichtbar zu bleiben. Mein Arm
kribbelte und sackte von der Bettseite wie ein
angenähter Strumpf, gefüllt mit Tennisbällen.
Kristin hatte den echten Arm mitgenommen,
der Umarmung blieb. Der Phantomschmerz begleitete
mich bis in den nächsten Traum, sein Vorgänger war
bereits vergessen. Meine Harfe stand dort, wo ich vor ein
paar Tagen mit Eagle und T-Bone saß. Der Wind hatte
das trockene Präriegras auf eine Seite gekämmt,
von der Stelle gescheitelt wo meine Harfe stand und
brannte. Die Kerzen heruntergebrannt. Ich ärgerte mich
über die Nachlässigkeit, dessen, der die Kerzen auf sie
stellte. Der Wind versuchte auch das Feuer in seine
Richtung zu kämmen. Kein Wasser, nur staubiger Boden.
Als ich in den staubigen Grund greifen wollte,
bemerkte ich, dass mein linker Arm fehlte. So schmiss
ich mit der verbliebenen Hand, Staub auf den
qualmenden Rahmen, der sich schon schwarz verfärbt
hatte. Erste Saiten rissen aus ihrer hölzernen Hand.
Ich stieß sie mit dem Fuß zu Boden und versuchte sie
mit Staub zu bedecken. Schaufelte mit Hand und Fuß,
immer wieder seufzte sich eine Saite in die Freiheit.
Ich schlug die Augen auf. Das Zimmer nippte erstes
Licht. Meine Harfe stand in ihrem Koffer vor dem
Schrank und auch mein Arm war wieder spürbar an
seiner alten Stelle. Ich schlurfte ins Badezimmer,

wo sich einer der Gäste gerade rasierte. Es roch nach männlicher Seife. Ich stieg unter die Dusche, die noch Restwärme trug. Wahrscheinlich war es der Versuch, meine Harfe zu löschen, die noch irgendwo in mir brannte. Die Gedanken wurden klarer. In ein paar Stunden würde ich wieder im Flugzeug sitzen, von oben auf diesen Ort, auf dieses Land blicken. Ich dachte weder über Abschied, noch über eine Rückkehr nach, alles was an Gedanken nach oben stieg, fand seinen Weg in den Ausguss. Als der Gast das Bad verließ, stieg ich aus der dampfenden Kabine, irgendein Feuer war erloschen. Die Spiegel waren undurchdringliche Orte. Selbst der Versuch ein Fenster zu malen, wurde sofort zurückkorrigiert. Ich hörte jemanden den Flur entlang laufen. Der Versuch mir hier ein Gesicht zu schminken war im wahrsten Sinne aussichtslos. Ich band mir einen Turban aus Frottee um mein nasses Haar und wollte auf mein Zimmer, als ich bemerkte, dass mein Schlüssel fehlte, den ich auch nicht benötigte, denn die Tür war offen. Auf dem Bett lag meine Geldbörse und mein Stein, der Schrank stand offen, mein Koffer lag mit geöffnetem Maul auf dem Boden. Und meine Harfe fehlte. Ich eilte nach unten. Kristin bediente gerade die Gäste, Carol saß am Empfangstresen. „Ja, der Typ aus der 4 hatte es eilig. Ist alles in Ordnung du bist ganz rot? Kristin kommst du mal, schnell!" Stotternd, berichtete ich von dem Schlüssel, der Harfe, dem Geld, meinem Reisepass. Wut und Adrenalin zerhackten die Sätze. „Wir müssen die Polizei rufen, vielleicht kriegen sie den Kerl noch. Kannst du…ich hab das noch nie…"

Nach 15 Minuten stand die Polizei mit Blaulicht vor der Tür. Carol und Kristin beschrieben den Gast, ich beschrieb den Koffer und die Harfe… „So eine Sch*. Das tut mir so leid. Wann geht dein Flug? Nelly wird auch gleich vor der Tür stehen. Sein Name war bestimmt gefälscht, der ist vor ein paar Tagen eingecheckt, war auf der Durchreise, wirkte eigentlich nett, er hatte einen Vollbart, den er jetzt wohl nicht mehr trägt, du meintest, da hat sich jemand rasiert, wer sonst sollte das gewesen sein, er durchsuchte deine Taschen, als du unter der Dusche warst und…" Einer der zwei Polizisten notierte eifrig mit, während der andere die Fragen stellte, mit uns nach oben ging und sich ein Bild von dem „Tatort" machte. „Haben sie ein Foto von der Harfe, das mit dem Reisepass, dauert ein paar Tage, dann bekommen sie Ersatz, machen sie sich da keine Sorge und so weit kann der Kerl auch noch nicht sein, mein Kollege hat sein Auto schon zur Fahndung ausgerufen, wie gut, dass die junge Dame hier ein Faible für Autos hat und sich das Modell gemerkt hat, das hilft uns schon mal." Carol grinste und errötete. Plötzlich stand Nelly in der Tür. „Was ist denn hier los? Ist was passiert? Das darf doch nicht wahr sein. Komm mal her Mädchen." Nelly nahm mich ganz mütterlich in den Arm, rubbelte mir meinen noch warmen Rücken. „Gott du bist ja ganz aufgeheizt, ach so die Dusche, kein Fieber? Ist es das Fieber nicht, dann ist es der Sturm, dann ist es ein Dieb, die am Flughafen werden mich hassen. Aber das ist höhere Gewalt. Ich werde sehen, was ich tun kann. Entschuldigt mich…"

Nelly eilte wieder nach unten. Kurz darauf befragten die Polizisten noch die anderen Gäste ob etwas fehlte, da nicht mehr viele anwesend waren, gab es schnell Antworten, dann fuhren sie mit Blaulicht und Sirene davon. Ich hoffte so sehr in die richtige Richtung.

Ehe die Sonne es mir wieder verbietet,
tat es die Nacht,
beschwor ihre schwarzen Hunde,
damit wir bleiben wo wir sind.
Die Vögel wussten es,
verrieten es mir wohl in einem Liede,
ich lächelte nur,
im Anstand meines Herzens.

Kapitel 9 - Mutter ist und Laterne

„Ach Schatz, mach dir keinen Kopf, Nelly wird das schon klären, den Ausweis kann man ersetzen und die Harfe werden sie auch finden und mit ihr auch den Gauner, was will so einer mit so einem Ding, der hat wahrscheinlich gar nicht in den Koffer geschaut und wird sich jetzt wundern, für was er jetzt seine Freiheit riskiert hat. Und wenn, wir werden eine Neue finden… doch ich versteh das…und dein Bruder muss sich halt noch ein bisschen mehr gedulden, das schadet ihm nicht." Nein sie verstand es nicht. Würde man ihr Pferd stehlen, würde sie nicht so gelassen reagieren. „Du bist gerade ziemlich geladen, oder? Darf ich dich ansprechen? Die Polizei hier ist ziemlich tough, die schnappen den schon, so weit kann der noch nicht sein…deine Mutter? Die meint es nur gut. Wahrscheinlich würde ich das ganz ähnlich sagen, aber ich versteh dich, meine Gitarre hat damals mein Vater mitgenommen.

Ich hab auf ihr die ersten Griffe und Melodien gelernt, jeden Müll haben sie zurückgelassen, aber seine Gitarre, die er kaum gespielt hat, hat er mitgenommen. Ich brauchte lange, bis ich mich an ein neues Instrument gewöhnt hatte. Inzwischen bin ich mit meiner Gitarre verwachsen, aber ich spiele sie leider zu selten. Eine gute Sache hat es, wir können noch ein wenig mehr Zeit miteinander verbringen." Kristin umarmte mich und küsste meine Wange. Ich wollte nach Hause, ich wollte meine Harfe, nach Hause zu meinem nervigen Bruder, mit meinen Freunden über all das hier reden, scherzen und schimpfen. Meine Verwirrung an einem anderen Ort ordnen. Meine Platten hören, ja das vermisste ich sehr. Ich hatte noch eine alte Harfe, mit der ich kaum spielte, ich tauschte sie auf einem Flohmarkt für ein paar Pink Floyd Platten, der Besitzer grinste diabolisch, später wusste ich warum, es waren Erstpressungen und die Harfe benötigte neue Saiten und der Rahmen hatte einen Sprung. Ich ärgere mich bis heute, doch irgendwie wuchs mir dieses Trümmerinstrument ans Herz, wahrscheinlich, weil wir uns immer mehr ähneln. Ich ging zu Eagle, er war wie gestern mit T-Bone auf Müllsafari. „Du bist ja noch da. Ich hörte einen Polizeiwagen, das ist nicht der Grund, oder? Doch? Ein Dieb, hier? Was will man denn hier holen, der war bestimmt nicht von hier. Auch deine Harfe? Das tut mir leid. Wirklich." Vermutlich hatte sie ihre Flucht lange geplant. Nachdem ich sie für den Song mit einer Gitarre ersetzt hatte, sah sie wohl keinen Grund mehr zu bleiben. Manchmal ist das Ding eine Zicke. Eagle musste lachen. „Ja, das klingt plausibel. Mach dir keine Sorgen. Bone hast du nicht noch eine Harfe, die du ihr borgen könntest?" „Klar, mehrere sogar. Magst dir eine aussuchen? Kommst später einfach vorbei. Wann geht dein Flug? Weißt noch nicht. Fragezeichen schaffen Raum, das ist gut." Das Gelände bot kaum mehr Futter für die Müllsäcke und doch zogen sie ihre Runden, beide trugen Cowboy-Hüte, damit sie die Mittagssonne nicht zu schnell in die Knie zwang.

An einem Randstück fand ich zwei wellige und vergilbte
Zettel. Die getippten Worte waren nur mehr Ahnung,
doch ich kannte diese Ahnung, ich hatte sie auf
meinen Lippen.

Die Sonne wurde weicher als ich T-Bone nach Hause
begleitete, er wohnte nur 3 Häuser neben dem Record-
Store von Andy und Lenny. Ich lehnte die Idee nicht nur
einmal ab, doch T-Bone und Eagle bestanden darauf.
„Weißt du wann der Flug geht? Du bist Musik und du
brauchst Nahrung, egal ob du in ein paar Stunden oder
in ein paar Tagen fliegst, wenn dich deine Muse ruft,
dann musst du antworten." T-Bone besaß eine Wohnung
ganz oben, er konnte per Feuerleiter auf das Flachdach.
Dort standen ein altes Sofa und ein Tischchen,
abgedeckt mit einer dunkelgrünen Plane. „Die ist noch
aus meiner Army-Zeit, oh ich war nicht lange, ich war
dann beim Militärorchester, nicht an der Harfe, aber an
der Posaune, nicht gerade mein Lieblingsinstrument,
aber während die anderen durch Schlamm robbten und
sich anbrüllen ließen, reisten wir von Stadt zu Stadt,
das war ok. Spielten auch manchmal bei
Baseball-Spielen, da bekam ich Freikarten für Dad,
der beschwerte sich auch nicht und sah, dass Musik
doch für etwas gut war. So hier, wühl dich einfach durch.
Saiten müssten noch alle haben, kannst dir natürlich
auch eine Posaune leihen, da hab ich auch eine kleine
Sammlung. Für Instrumente hab ich eine kleine
Schwäche." In einem Nebenraum, wo gut und gerne ein
geräumiges Wohnzimmer Platz gefunden hätte,

stand Instrument an Instrument. Manche mit Tüchern
abgehängt, andere offen und von Staub befallen.
Ein Wandregal war vollgestopft mit Schallplatten.
Davor standen mehrere Notenständer, auf jeden von
ihnen Noten, manche selbst geschrieben,
manche gedruckt.
Die Jalousien ließen nur feine, milchige Lichtstriche in
den Raum, die dem Staub den Weg wiesen.
„Meine kleine Schatzkammer. Eigentlich der größte
Raum in dieser Wohnung, aber der mit dem wenigsten
Platz, ziemlich paradox. Da hinten stehen sie, neben den
Pauken, die müsste ich auch mal wieder neu
bespannen, meine Untermieterin ist glaub ich ganz froh,
dass sie im Moment schweigen. Ja, manchmal spiele ich
noch Konzerte, zur Zeit gebe ich aber mehr
Unterricht, du wirst nicht glauben, wie viele junge
Menschen wieder ein Instrument lernen wollen,
liegt wohl an der neuen Musik, die scheint inspirierend
zu sein. Manche Sachen klingen gar nicht so schlecht,
aber mit Synthies kann ich leider nicht dienen,
hab nur eine alte Moog Orgel, wer die spielen kann,
kann das Andere auch. Und, was dabei?"
Die Harfen waren schön, man spürte ihre
Erfahrung, doch keine sprach zu mir. Ich wollte T-Bone
nicht enttäuschen und entschied mich für die Kleinste.
„Ah, da hast du dir gleich das Prachtstück ausgesucht,
auf der spielte schon Alice Coltrane. Du kennst Alice
Coltrane nicht? Du verarscht mich? Nicht? Mädchen,
wenn du sie noch nie gehört hast, dann kennst du die
Möglichkeiten der Harfe nicht. Bring sie schon mal vor,

ich such hier mal…ah da ist sie. So jetzt Tausch. Ich die Harfe, du die Platte. Die hörst du dir Zuhause an, oder auf dem Zimmer, oder wo auch immer, behalte sie, so lange du willst, die Harfe bekomm ich vor deiner Abreise aber wieder." T-Bone stimmte sie ohne Hilfsmittel, legte sie in einen Koffer, ohne dass ich sie vorher anspielen durfte und wir verließen wieder seine Wohnung. Bevor er mich beim Hotel raus ließ, kaufte er sich bei der Tankstelle noch ein paar Bier. „Wir sehen uns noch, jetzt hast du auch einen Grund dafür. Er lächelte und fuhr weiter zu Eagle, den Hügel hinab.

„Hey, ist deine Harfe wieder aufgetaucht, das ging ja… Oh." Carol war schon in Vorfreude, als sie mich mit dem Koffer sah. „Verstehe, eine Leihgabe. Das ist echt nett. Kristin ist gerade Zuhause, kommt am Abend aber wieder. Hast du von der Polizei schon was gehört oder was von Nelly?" Dasselbe wollte ich sie auch fragen, ich schüttelte den Kopf und ging aufs Zimmer. Ich war zu müde für Musik, fragte mich, warum ich die Harfe überhaupt geliehen habe, wenn ich eh kaum spielen würde. Ich legte mich aufs Bett, stellte die Platte auf den Nachttisch und schaute sie mir an. Die hübsche Frau mit dem üppigen Afro in einem Wüstenraum. Ich spürte einen Traum nahen, fast narkotisch nahm er mich zu sich.

Ich schmecke Staub,
welke wohl von Innen,
bin Seele noch
und doch so Körperfern,
salzig meine Tränen,
die Mutter sind und Laterne,
Tagebuch und Zisterne,
eingeschlagene Erinnerung,
nie abgedeckt, nie beschwert,
mit Stein und Tuch.

Kapitel 10 - In einer azurblauen Nacht

Ich erwachte irgendwann vor Mitternacht. Ich hatte
länger geschlafen als geplant. Ein Zettel blieb auf halbem
Wege vom Flur zu mir, unter der Tür stecken.

– Hey du Langschläfer, wahrscheinlich hast du deine
Ohren zugeklappt, verständlich nach dem heutigen Tag,
Nelly hat sich gemeldet, der Flug geht morgen Abend.
Wäre schön, wenn wir uns morgen nochmal sehen.
Falls du nicht bis Mittag schläfst, sehen wir uns beim
Frühstück. Ich freue mich. Kristin. –

Der Schlaf hatte die Wut und die Tränen vor mir
verborgen, ich fühlte mich seltsam befriedet, klappte den
Koffer auf und ließ die Harfe sprechen. Sie war kleiner
als Meine und doch klang sie tiefer, als zöge sie das
Weltall zu sich, das überall schwang und doch nirgends,
wenn man es nicht sang. Wir sangen es zusammen,
meine Stimme färbte sich zu einer weiteren Saite, die ich
im Rhythmus dieser Nacht anschlug. Ich verlor mich im
Murmeln einer Blindheit, die auf Heilung hoffte,
stets hoffte und suchte, weil ich nicht darauf vertraute,
dass sie mich einfach so finden würde, ohne Leuchtfeuer,
einfach so in der Stille einer viel zu großen Welt.

In einer azurblauen Nacht,
verloren sich die Wolken,
in unsichtbare Freuden,
die ungesehen zogen,
ohne, dass Gedanken sie verformten
und sie würden an ihr Ziel finden,
ganz so, wie sie einst gewollt.

Ich spielte bis die Vögel mit mir sangen, sie waren die
Ersten, die jene Melodie hörten, die sich aus der Nacht
erhob, als wir ihr Stund' um Stund' sangen. Wie schön
sie war, Wortlos schön. Ein Auto fuhr an den Parkplatz,
Schlüssel rasselten Glockenhell, ich erkannte Kristin
inzwischen an ihrem Gang, der leicht war, früher
schwangen dazu bestimmt ihre Zöpfe. Ich dankte der
Harfe für den wundervollen Nachtspaziergang,
erfüllt von etwas Unbestimmten, ging ich nach unten,
wo Kirk gerade seinen Platz an der Theke räumte und
müde ins Auto stieg. Er bemerkte mich nicht mehr.
„Ausgeschlafen? Nicht wirklich oder? So wie du gähnst,
knabberst du noch an Schlaf. Kein Schlaf? Dafür siehst
du aber relativ frisch aus. Schau mich an, ich bin heute
nur ein Gespenst, der Rest von mir liegt noch Zuhause
und träumt ein wirres Hollywood Best-of, der andere
Traum ist zum Glück keiner mehr. Wie geht's dir?
Hast du den Zettel gefunden? Kaffee?"
Die Kaffeemaschine blubberte und verströmte ihren
verführerischen Duft, der oft lieblicher war, als das
dunkelbraune Ergebnis. Dieser schien auch die anderen
Gäste zu locken, nach und nach kamen diese nach unten

und setzten sich meist wortlos an einen Tisch.
Kristin schaltete das Radio ein, damit die Stille ein
weniger freundlich wurde. Die Nachrichten waren hier
nicht besser als in Europa und doch klangen sie hier
weniger bedrohlich. Vielleicht lag es auch an den
sonnigen Zaungästen aus Folk, Country und Blues.
Nachdem alle ihren Kaffee hatten und zum Frühstücks-
buffet schlurften, setzte sich Kristin zu mir an den Tisch.
„Und, was möchtest du heute noch machen? Nelly holt
dich um 3 ab." Schlafen, eigentlich nur schlafen, aber das
sagte ich ihr natürlich nicht, das konnte ich dann auch
im Auto und im Flugzeug. Der Kaffee zog mich wieder
etwas zurück ins Leben, sogar ein Lächeln war darin
zu finden, nur keine Antwort auf ihre Frage. „Lass dir
nicht zu viel Zeit. Carol kommt später noch, wenn du
möchtest können wir dann noch etwas Spazierengehen.
Überleg's dir. Ich bin hier, wo auch sonst…"

Eagles Tür war verschlossen. Ich fragte Betty im
Souvenirshop nebenan, ob sie wusste wo er sei.
Sie hatte ihn heute noch nicht gesehen,
ich verabschiedete mich aber bei der Gelegenheit von
ihr, in der Hoffnung, dass sie von all meinen
Abreiseversuchen vorher noch nichts mitbekam,
ich hatte sie vergessen. Auch T-Bones verbeulter Wagen
stand nicht vor der Tür. Ich vertraute meiner Intuition
und ging in den Wald, dessen Laub schon
schüchternen Herbst trug. Am Gedenkstein lagen
Blumen und standen Grablichter, deren Rot erloschen
war. All dies stand vor Tagen noch nicht hier.

Ich las die Namen, die auf der Tafel im Sonnenlicht schimmerten. Es war nicht die ganze Sonne, nur das was der Wald in ihre Nähe ließ. „Verabschiedest du dich? Das ist gut. Abschied ist höflicher als ein pflichtbewusstes Willkommen." Ich erschrak, denn ich hatte Eagle zwar erahnt aber nicht gesehen. „Kommst du wieder?" Ja. Und er wusste, dass dieses Ja ein anderes war, als jenes, das ich vor ein paar Tagen geben konnte. „Gut." Wir gingen wortlos zurück zu seiner Hütte. Er umarmte mich kurz, fast so als wäre es ihm unangenehm. „Grüß mir deine Mutter. Er schloss die Tür auf und ging hinein, ohne sich noch einmal umzudrehen.

„Was möchtest du noch machen? Zum See? Sicher? Okay…" Als wir an T-Bones Haus vorbeifuhren, meinte ich ihn auf dem Dach stehen zu sehen und zu uns hinunterwinken. „Das könnte schon sein. Der sitzt oft dort oben und beobachtet die Straße, wahrscheinlich nie ohne Sehnsucht, einfach mitzufahren, egal, irgendwohin, nur weg von hier. Wer will schon hier bleiben. Ja er hatte die Chance, die nützte er auch, jetzt ist er wegen seinem Vater hier, das weiß Eagle auch und manchmal könnte ich ihn echt…wie er mit ihm umgeht, junge Frau tritt alten Mann, das würde mir gerade noch fehlen und der Stadt sowieso. Sind da. Hast du heute Badesachen dabei? Spaß…schön, dass du dir noch mal Zeit für uns genommen hast." Sie berührte meine Hand und griff sie.
Im See glitzerte dasselbe Gold wie vor Tagen, auch die

Enten zogen ihre Kreise, sie hatten sie noch nicht
vollendet. Wir setzten uns auf den Steg und Kristin
lehnte ihren Kopf an meine Schulter. Da saßen wir wie
ein altes Pärchen, James Dean und Michelle Pfeiffer.
Also nicht, dass ich ihr wirklich ähnelte, aber ich mochte
sie. „Ich habe Angst, dass wir uns nicht mehr sehen,
dass all dies nur die Geschichte eines gewissenlosen
Autoren ist, der uns zusammenfügt, weil es seiner
Geschichte dient. Ich möchte das nicht, deshalb lieber
Autor, sei ehrlich mit uns und gib uns mehr Zeit,
als deine Geschichte benötigt." Ich küsste sie,
denn nichts anderes wollte ich und hoffte, dass es keinen
Autoren gab, der uns jetzt dabei zusah. Wir sahen ein
Flugzeug über uns, das dieselben Streifen hinter sich her
zog, wie die Enten. Es schwamm auf seinem
azurblauen Himmelsteich Richtung Osten, dorthin,
wo ich in ein paar Stunden auf diesen Ort hinabblicken
werde. Beleuchtet von ein paar Herzen, deren Leuchten
ich wahrgenommen habe.

Im Auto drehte Kristin das Radio lauter,
die Stille war zu sehr mit Abschied gefüllt.
Dann ertönte unser Song.

Deine Lippen,
Kuss und Wort,
Stille, die Himmel ist,
Löwen, die schleichen,
keinen Schatten sah ich je irren,
der Sturm wird Brücke,
über die das Laub steigt,
ein Brief mit eisernen Flügeln,
lehrt mich vermissen,
bis du Rückkehr bist.

Kapitel 1 – Deine Lippen

Von unten wurdest du klein. Ich wusste nicht, ob du in
dem blinkenden Flugzeug saßest, das über meinem Kopf
schwebte. Spät nachts, wenn man nach Sternschnuppen
Ausschau hält. Dein Abschied war hektisch, du hattest
noch nicht gepackt, als Nelly am Empfang stand und die
Hektik mitbrachte. Eine kurze Umarmung, die Bitte,
ich solle T-Bone seine Harfe zurückgeben, die Platte
würdest mitnehmen und wiederbringen. Ein Grund
mehr, wieder zu kommen. Unser Abschiedskuss blieb
allen verborgen, wir gaben ihn uns oben, widerriefen
ihn, sprachen ihn erneut aus, widerriefen ihn…bis er
Abschied blieb. Kirk war extra gekommen und stellte
sich in die Reihe der zu Verabschiedenden. Eagle und
T-Bone waren die Einzigen die sich nicht einreihten.
Du fuhrst in die tiefstehende Sonne, die sich langsam
aufblähte, mit roten Rändern, wie ein frisch vernarbtes
Knie. Kirk fuhr wieder nach Hause, ich blieb mit Carol

und machte dein Zimmer. Morgen würde dort wieder jemand anderes schlafen, in dein Kissen atmen. Ich zog das Bett ab, es duftete noch nach dir, traute es mich nicht zu waschen, ich gab den Kissenbezug in einen Beutel, den Rest in den Wäschekorb. Den Beutel nahm ich mit zu mir und bezog mein Kissen mit deinem Bezug.

Dies machte mir den Abschied nicht leichter. Ob du wiederkommst, ich weiß es nicht, kann darauf nur hoffen, auch wenn du es versprachst. Worte wandeln sich in der Ferne, was vorher blendete, wird weiches Licht bis es wieder in der Dunkelheit verstummt.

T-Bones Harfe stand noch im Zimmer, ich würde sie morgen zu ihm bringen, heute darf sie noch in dem Zimmer auf deine Rückkehr hoffen. Das ist grausam, irgendwie wollte ich, dass ich nicht alleine litt.

Gegen Mitternacht ging ich nach draußen und starrte in den stummen Nachthimmel, der mir seine uralten, toten Stern ließ, die blinzelten und manchmal etwas von sich auf die Erde warfen, mein Wunsch war stets der Selbe. Du würdest mich morgen anrufen, noch warst du irgendwo dort oben. Ein blinkender, wandernder Stern, ich winkte einfach nach oben, so wie ich es dir versprochen hatte, wir wussten beide, dass du es nicht siehst, vielleicht hast du es ja gefühlt. Du warst ganz aufgeregt, nein, wir waren ganz aufgeregt, als sie deinen Song spielten. Dachtest, ich hätte ihn auf Kassette überspielt und als Überraschung zum Abschied laufen lassen, aber er war eingebettet zwischen unschuldigen Folksongs auf einem mittelgroßen Radiosender.

Ich würde morgen bei Andy und Lenny nachhaken.

Ich fuhr an die Seite, wir ließen den Song seinen Moment und uns unsere Ungläubigkeit. Du wurdest zittrig, nicht vor Wut, die kannte ich jetzt und für einen Moment hatte ich die Befürchtung du würdest mir mit dem Moment entgleiten. Am Ende waren es deine Lippen, die mir die Angst nahmen, Freude sprachen und das Ende was wir im Song hörten, spielten wir live.

„Ach guck an Richie Hendrix beehrt uns mal wieder. Nein Lenny ist nicht da. Vielleicht kann ich dir weiterhelfen. Euer Song? Ja der geht gerade durch die Decke, gut dass du da bist, dürfen wir ein paar Stück nachpressen? Ja, sprich mit ihr, aber warte nicht zu lange, die Leute fragen schon. Andy hat sie Steven vorgespielt, weißt schon, unser ehemaliger Keyboarder, der arbeitet jetzt beim Radio, der hat den Song dort eingeschleust zwischen all dem harmlosen Kommerzgedudel und zwischen Veilchen sticht halt eine Rose hervor. Klar wir hätten euch fragen sollen, hab ja nicht mal mehr deine Nummer, seitdem du wieder bei deinem Bruder wohnst. Wir könnten ja mal was trinken gehen, der alten Zeiten wegen. Denk noch oft an dich, aber deine neue Frisur…jetzt siehst du aus wie eine… Schon gut, schon gut, war ja nur ein Spaß, aber nach dem du dich überwiegend mit Frauen triffst, weißt du, man redet, liegt wohl in der Familie." Meine Hand war schneller, als ein bedachtes Wort. Andy hielt sich die Wange. „Raus mit dir. Hörst du. Ladenverbot, auf Lebenszeit!" Im selben Atemzug forderte ich unsere Aufnahme und die Mutterplatte, die er nur murrend

aus seinem Lager holte und mir auf die Theke schmiss.
Seine letzten Worte die er mir beim Hinausgehen
hinterher schrie, verschluckte zum Glück irgendein Song
von Rainbow.

Ich hatte die Harfe auf dem Beifahrersitz. Es klingt
seltsam, aber in ihrer Nähe spürte ich dich. T-Bone schrie
vom Dach, als ich neben seinem Wagen parkte. „Soll ich
dir helfen? Warte ich komm runter." Er stieg über die
Feuerleiter nach unten. Das Eisen quietschte und knarrte
und die Dame, ein Fenster unter ihm schüttelte mit einer
Zigarette im Mundwinkel nur den Kopf. „Muss das sein,
wir haben auch ein Treppenhaus Mr. Gleich hätte ich sie
gehabt…Miez, miez…" Nicht weit von ihrem Fenster,
am Ende des Stahlgerüstes, saß eine kleine Katze,
die sie mit einer kleinen Schüssel lockte. „Meinen sie,
die lässt sich damit locken, die riecht nur ihren Qualm."
Sie drückte die Zigarette auf dem Fensterbrett aus und
schnippte sie zu mir nach unten. „Mädel, lass dich nicht
von dem bequatschen, wie gut dass meine Ohren nicht
mehr die Besten sind, der hört verrücktes Zeug,
entweder ist er verrückt oder wird es, ich hab dich
gewarnt!" T-Bone musste lachen und ich wunderte mich,
dass er in seinem Alter und mit der Größe, diesen Weg
nach unten wählte und nicht das Treppenhaus nahm,
ich stimmte der Dame, stillschweigend zu. „Schön dich
zu sehen. Ach die Alte, die meckert wie eine Ziege,
Katzen mögen keine Ziegen, zumindest nicht diese.
Du hast die Harfe dabei? Schön. Wo ist sie?
Dir verkaufen? Du spielst doch Gitarre, möchtest du jetzt

Harfe bei mir lernen? Das mit Yasmeen und dir ist wohl was Ernstes? Naja man muss euch doch nur ansehen, das Glück nimmt den direkten Weg. Ich mach dir einen Vorschlag, wenn Yasmeen wieder kommt, können wir darüber reden, bis dahin übertrag ich dir die Verantwortung über sie. Behandle sie gut, sie hat viel zu erzählen, sie hat viel gesehen und noch mehr gehört. So jetzt muss ich da wieder rauf. Hab den Schlüssel nicht einstecken, so bleibt man jung, auch die Ziegen."

Deine Lippen,
Versuch und Versuchung,
stillen nicht, beschwören nur,
ich rette mich in meinen Anteil,
der ausbezahlt, nur Stunden hält,
der Rest bleibt Hunger.

Kapitel 2 – Kuss und Wort

„Sie haben Yasmeens Harfe gefunden". Ich fuhr zu dem kleinen Teich, wo Enten Linien ziehen und sich der Himmel immer etwas dunkler spiegelt. Die Polizei war dort, ein gelbes Band umgürtete seine schmale Taille und ein Schlauchboot in derselben Farbe trieb auf der Mitte, des nach Regenbogen schimmernden Teiches.
„Sie sind die Bekannte von der Geschädigten?
Das dürfte das vermisste Instrument sein?
Nicht berühren. Ja? Sehr gut, mein Kollege nimmt das zu Protokoll, sie müssten dann unterschreiben.
Nein mitnehmen dürfen sie die Harfe nicht,
aus ermittlungstechnischen Gründen, wir bringen sie ihnen dann vorbei, wenn diese abgeschlossen sind.
Sie trieb in der Mitte des Teiches, warum sie nicht unterging, da fragen sie mich was. Aber das ist ja noch nicht alles." Jetzt erst bemerkte ich, dass die Harfe ebenfalls einen seltsamen Schimmer trug. „Jemand hat hier nicht nur die Harfe entsorgt, sondern irgendwas in den Teich gekippt." Die Polizisten in dem gelben Schlauchboot trugen Schutzanzüge und zogen die toten Enten mit einem Kescher an Bord, die sie in einen weißen Behälter gaben und sofort verschlossen.
„Ich würde ihnen raten, diesen Ort erst einmal zu meiden, bis wir wissen, was hier die Ursache war.
Ich weiß nicht wie stark die Harfe kontaminiert ist, unser Labor wird es herausfinden. Wir melden uns."
Der Teich war blind, kein Himmel mehr, nur ein künstlicher Regenbogen, der die Bewegung des Wassers

verlangsamt, kein Kräuseln mehr, kleine Erhebungen die
sich dickflüssig an die Ränder schoben. Es roch süßlich
ohne Süße zu verströmen, stach unter den Augen,
wenn man zu tief einatmete.

„Ich weiß gar nichts. Wieso fährst du mich so an?
Kann ich was dafür, dass Yasmeen nicht blieb?
Darum geht's doch eigentlich, oder? Nicht um den alten
Teich, den außer dir doch eh niemand mehr besuchte.
Jetzt lass mich wieder in die Küche, die Gäste warten,
wär gut, wenn du auch mit anpackst, der Reisebus vor
der Tür, brachte nicht nur den Fahrer." Kirk wusste
mehr, er wusste auch wer in dem Zimmer war,
er verhielt sich seit dem Vorfall ungewöhnlich
zurückhaltend. Einen Diebstahl gab es hier schon
häufiger, er nahm diese Dinge immer persönlich,
diesmal blieb er seltsam unberührt und ich merkte wenn
er mich anlog. Er bekam rote Flecken am Hals und
kratzte sich im Nacken. Nur Pinocchio war auffälliger.

Ich war gerade am abräumen, als das Telefon
klingelte, ich wusste sofort, dass du es bist. Du klangst
müde und so ganz anders, die Entfernung hinterließ nur
eine Ahnung deiner Stimme. Es gab so viel zu erzählen,
doch ich wollte nicht mich hören, sondern dich.
„Der Flug war anstrengend, obwohl ich die meiste Zeit
schlief, in der Höhe träumt man wohl anders. Ma und
Elijah holten mich ab, sie kamen mit einem Taxi,
da der Fuß, aber das weißt du ja. Ja, jetzt hat er den
Klops, kannst dir nicht vorstellen wie der ausgetickt ist

vor Freude, das Keulenfahrzeug bekommt er dann zum
Geburtstag, hat ja bald. Sie haben die Harfe gefunden?
Den Dieb auch?" Der Klang ihrer Stimme veränderte
sich merklich, als ich ihr davon erzählte, ihre Worte
wurden fahrig und beliebig... „Ich meld mich später
nochmal, ich muss ins Bett..." Ich spürte, dass ich damit
ihren Tag verschwendete, der noch an der Brust hing,
doch dafür schon zu groß war und mich mit Warten
bestrafte, weil ich ihn frühzeitig ins Erwachsenenalter
berief. Ich hoffte, dass die Gäste bald von ihrem
Museumsausflug kehrten, Kaffee und Kuchen forderten,
um das Gehörte abzumildern, auch das Meine.
Eine nachträgliche Totenfeier die das Vergessen
einläutete. So wie sie es immer taten.

Kuss und Wort,
rostige Gabeln,
schmecken stets wund,
beides wähle ich
um an der Welt zu gesunden,
doch beide tragen auch etwas Tod,
in ihren unvollendeten Sätzen.

Du riefst nicht mehr an. Zum ersten Mal, seit langem
spürte ich wieder die Einsamkeit der Sterne, die sich um
einen vollen Mond versammelten um sich zu wärmen.
Ich weiß, dass du ihn auch sehen würdest, wenn dich die
Nacht erreichte und ihn mitbrachte. Als Carol kam,
ging ich hinunter zu Eagle. Es brannte noch Licht,
doch er öffnete die Tür nicht, vor seiner Tür stand das
Auto von T-Bone. Vater Sohn Gespräche, vielleicht.

Ich träume sehr selten, nur die Anfänge, die sich dann
meist in Dunkelheit verlieren und einen neuen Tag
hinter sich herziehen, der seine eigenen Bilder mitbringt.
Doch heute träumte ich von dir, wie du mit der Harfe
auf dem Teich triebst. Du hattest sie umarmt und das
silberne Wasser trug dich unter das blasse Gesicht des
Mondes. Ich suchte einen Stock um dich vom Steg aus
zu mir zu ziehen. Jemand stand am anderen Ende des
Teichs und zündete sich eine Zigarette an, das Streichholz flammte auf und entzündete einen kleinen Stern,
dann warf er das brennende Streichholz in den Teich,
der sofort entflammte, die Enten wollten davon fliegen,
doch wurden von dem schimmernden Wasser gehalten
und das Wasser hielt auch dich während dich die
Flammen fraßen.
Ich rief bei dir an, doch niemand meldete sich.
Vielleicht war es zu früh, oder zu spät. Ich hatte das
Gefühl, es war zu spät.

Kapitel 3 – Stille, die Himmel ist

„Entschuldige, Gestern war einfach zu viel, nicht du,
aber alles Andere. Der Flug, die Ankunft, der Song,
meine Harfe, Entscheidungen die sich so lange wieder-
holen, bis sie getroffen und ganz nebenbei zu Mantren
werden. Ich sitze gerade im Garten, vielleicht kannst du
die Vögel hören, ihr Gesang hat sich verändert, die Welt
hier ist so anders, die Sonne strenger, nicht so frei wie bei
dir, sie muss sich durch viele Häuserschluchten winden,
bis sie bei mir ist, auch die Sprache, das Essen,
man möchte überall kleine Rähmchen darüber legen,
alles wirkt wie aus einem Museum, bei dir steht die Zeit
auch, aber viele Jahre später, sie ist mir näher.
Du meintest, du hättest eine Ahnung wer der Dieb sei…
im Moment als er die Harfe stahl, war er ein Dieb,
aber jetzt ist da der tote Teich und die toten Enten,
jetzt ist er auch ein Mörder. Warte mal….Ja richte ich
aus…schönen Gruß auch von meiner Ma und von Elijah,
ich soll dir noch mal ein paar Namen durchgeben,
die sich unbedingt noch zu Klops dazugesellen müssen.
Schönen Gruß zurück…Danke. Bitte ruf mich jederzeit
an, wenn du…, wenn…du was Neues weißt. Wann ich
wiederkomme…am liebsten sofort. Aber jetzt brauch
ich erst mal etwas Geld, das Ersparte reicht vielleicht
bis irgendwo auf den Ozean, bis ans Ufer muss ich noch
ein paar Konzerte geben, aber die stehen die nächsten
Tage und Wochen an…So, Ma schaut schon grimmig,
ich glaube die zählt heimlich die Kosten mit. Äh…ich
dich…"

Ich hätte es nicht sagen sollen, aber es kam so aus mir heraus. Ich ärgerte mich…ich…ich, ich, ich. Wie ich diese Satzanfänge hasse. Ich habe dich sicher damit überrumpelt. Die Entfernung macht manchmal mutig, aber Übermut wird selten belohnt, ich hoffe, dass er diesmal eine Ausnahme macht.

Bevor ich mit meiner Schicht begann, ging ich noch mal zu Eagle. Diesmal saß er auf der Veranda und winkte mir schon von weitem zu. „Was führt dich zu mir? Ja ich habe davon gehört. Ich werde später mit T-Bone dort hinfahren. Die werden mich schon durchlassen, wollen sie einen alten Mann Handschellen anlegen? Der Sheriff ist ein Guter, der leider mit den falschen Leuten zusammenarbeitet. Der Löwe lauert überall. Glaube es, oder lass es, der wird den Teich trockenlegen, abtragen und eine seiner Hallen darauf errichten. Darauf lauert er schon seit Jahren, jetzt hat er zugebissen. Der Sheriff weiß das, der ist nicht dumm. Der Teich ist tot, aber nicht aus Altersschwäche. T-Bone hat es mir gestern erzählt, heute ist es der Teich, morgen sind es eure Häuser. Mit den Toten haben sie sich selbst ins Knie geschossen, die liegen jetzt im Wald und diese haben ihn geheiligt, der steht jetzt unter Schutz. Dort wo keine Toten sind, sind Möglichkeiten. Die Leute bekommen jetzt Angst und er wird sie nützen. Kennst du Shakespeare? Lies ihn, nicht immer diese verrückten Kinofilme, die führen auf die falsche Spur… Ah da kommt Bone…Ausgeschlafen? Dann kann's ja losgehen, wir fahren nach dem Teich noch einkaufen.

Nein, da komm ich mit, er bringt immer die falschen
Sachen, stimmt doch? Siehst du…"

Die Gäste wurden weniger, die Reisebusse kamen meist
nur am Wochenende, wir waren Teil einer Sightseeing-
tour von einer Schrecklichkeit zur nächst noch Größeren.
Oft merkte man es den Gästen nicht an, es hätte genauso gut die Besichtigung einer Kulisse eines berühmten
Films sein können, die Leute lachten, knipsten, lichteten
sich mit dem Holzhäuptling vor dem Souvenirshop ab,
aßen und tranken und fuhren 2 Stunden später wieder
weiter, fragten nach dem Stempel, den sie in ihren
Sammelpass bekamen um am Ende, eine Urkunde mit
nach Hause zu bringen. Kirk wollte aus dem System
nicht ausscheren, es gab ein paar Dollar mehr am Ende
des Monats, das machte das Gefühl aber auch nicht
besser. Er saß schon am Empfang als ich von Eagle kam.
„Du nimmst es im Moment nicht sehr genau mit den
Arbeitszeiten, Schwesterchen." Und er nahm es mit der
Ehrlichkeit nicht so genau. „Wie meinst du das?
Was heißt da, ach komm schon. Sag was du mir
unterstellen möchtest. Noch mal, ich kenn den Dieb
nicht, warum sollte ich ihn decken wollen, was hätte ich
davon? Geschäftsförderlich ist das bestimmt nicht.
Der Typ aus der 4? Keine Ahnung, schau ins Gästebuch.
Und wenn er der Dieb war, dann steht dort nicht sein
richtiger Name. Jetzt hör auf zu diskutieren,
schnapp dir ein Tablett, die Gäste warten."

Ich wusste, dass er mich anlog, er kratzte sich wieder am
Nacken, außerdem war er viel zu angriffslustig,
das war er nur, wenn er sich verteidigte.
Als ich das Radio anmachte, lief unser Song. Nicht nur
einmal, während der Schicht, hörte ich ihn zwei weitere
Male. In meiner Pause rief ich bei dem Radiosender an,
die waren ganz erstaunt, dass sich einer der Künstler,
persönlich bei ihnen meldete. „Die Leute fordern den
Song, öfter, als diese paar Male, den wir ihn spielen.
Die Single ist schon etwas, naja, sie hat nicht gerade die
beste Qualität, also nicht ihr Inhalt, nicht falsch
verstehen. Könnt ihr mir noch eine senden? Perfekt.
Ihr solltet euch nach einem professionellen Label
umschauen, ich kann dir eine Liste mit Labels schicken,
im Gegenzug zur Single, vielleicht habt ihr ja Glück."

Kirk sprach die ganze Schicht kein Wort mehr mit mir,
ich ging nach draußen und wählte den Weg am Bach
entlang, der zur Villa führte. Die Vögel kündeten
langsam den Sonnenuntergang. Abschiede zeichnet die
Natur besonders schön. Die Grillen zirpten und die
ersten Vögel verabredeten sich für Morgen. Der Bach
spiegelte die Stille des Himmels, doch das Blau passte
nicht zu dem, was sich dem Hügel hinabschlängelte.
Es kroch unterirdisch, je höher ich stieg, desto mehr
schwamm davon noch an der Oberfläche, trug einen
ähnlichen Schimmer, wie das Auge des toten Teichs.
Mit einem Stock durchstieß ich den Schlangenkörper
und zog etwas von der dickflüssigen Haut hervor.
Es war blauer Lack, der wie jener roch, den ich mir

früher auf die Nägel strich. Ich folgte seinem langen Körper bis ich unter der Brücke stand, die sich zur Villa streckte. Über mir hörte ich Sicherheitspersonal auf- und abschreiten. Mit einer undeutlichen Stimme aus einem Walkie-Talkie kommunizierend, welche sich zwischen die Schritte drängte, sie für einen Moment anhielt und zurückorderte. „Meine Güte, der kann sich auch nicht entscheiden. So langsam glaub ich, der hat einen Verfolgungswahn…" „Mir soll es Recht sein, ich krieg meine Kohle. Von mir aus renn ich den ganzen Tag im Kreis, die Bezahlung ist fair und es gibt schlimmere Orte um im Kreis zu laufen." „Der soll verflucht sein." „Der Alte?" „Der Ort." „Glaubst du an so was, ich bitte dich. Hast Evil Dead geguckt? Siehste, das ist das Problem, nicht der Ort. Komm jetzt, der Chef hat neue Anweisungen, nicht per Funkgerät, persönlich, der Sheriff könnte ja mithören." „Wusste nicht, dass er ein Problem mit der Polizei hat." „Nicht mit der Polizei, aber mit dem Sheriff, ich erklär's dir später…"

Ich traute mich nicht zu atmen. Stand regungslos unter den Brückenpfeilern, erst als sich das rostige Tor öffnete, ging ich den Weg zurück, auf dem ich kam. Die Schlange war bereits verschwunden, die Dämmerung hatte sie geholt. Ich kam wieder zu spät. Das waren die einzigen Worte, die Kirk heute noch für mich fand.

Stille, die Himmel ist,
treibt blaue Schlangen,
durch blaue Bäche,
sah nicht den Anfang,
sah nicht das Ende,
nur die Scherben,
durch die sie drang.

Kapitel 4 – Löwen, die schleichen

Ich denke an dich. Keine komplizierten Gedanken, die Einfachsten. Die Schönsten. Und doch sind da so viele Andere, die sich aufdrängen, hineindrängen in eine Schwerelosigkeit, die der Gedanke an dich auslöst und ich streife den Boden, immer dort, wo es besonders schmutzig ist, wenn der Alltag an mir zieht. Während ich diese Zeilen denke und irgendwann einmal schreibe, sitze ich am Empfang, blättere in einer alten Illustrierten oder einer verknitterten Zeitung vom Frühstückstich, mit Marmeladen- und Kaffeeflecken, sie duftet noch nach Morgen, obwohl es spät nachts ist. Kirk ist schon Zuhause bei Carol und ich halte mich wach, falls einer der Gäste doch noch was benötigt. Das Küchenpersonal ging zuletzt, erwärmten mir die Reste vom Mittag und besprachen noch den Speiseplan für die nächsten Tage. Dann hatte ich Zeit, mehr Zeit mit meinen Gedanken, Gedanken die man wegschläft, jetzt wanderten sie mit mir durch die dunklen Räume, manchmal hielten sie inne, wenn ein guter Song lief. Das Radio, war mein Brunnen aus dem ich noch etwas Leben schöpfte, Stunde um Stunde, wurde er tiefer. Ich rief bei dir an, der Wunsch dich zu hören, hoffentlich noch von einer Unverschämtheit entfernt. Es meldete sich deine Mutter, du bist auf einem Konzert, oder auf dem Weg dorthin, so genau weiß ich es nicht mehr, die Müdigkeit malt mit einem breiten Pinsel. Sie würde dir einen Zettel schreiben. Ein Polizeiwagen bog in unsere Straße, lautlos, nur das blinkende Licht verriet ihn.

Vielleicht sollte ich dem Sheriff von der Farbe berichten. Morgen, nicht jetzt, er hatte zu tun, brachte das Gute zurück, irgendwem, irgendwo. Es dauerte nicht lange, dann hielt das lautlose Licht vor unserer Tür. Der Sheriff schob seinen Hut nach hinten um durch die Eingangstür zu spähen und klopfte zaghaft. „Entschuldigung ich sah noch Licht, ich weiß, dass ihr 24 Stunden besetzt seid. Hast du kurz Zeit. Es geht um die Harfe. Ich muss dir leider mitteilen, dass diese so stark kontaminiert ist, dass es eine Gefahr darstellt, wenn ich sie euch wieder aushändige. Für einen Musiker ist das eine schlimme Sache, mein Bruder ist Musiker, würde sein Haus brennen, er würde zuerst seine Gitarre retten, die Frau hat ja selbst Füße…naja, ich hoffe es kommt nicht so weit. Ja, seit 20 Jahren sind die verheiratet, da kann man schon mal wählerischer werden. Ich hoffe deine Freundin ist versichert, aber die Harfe ist selbst für Feuerholz nicht mehr zu gebrauchen. Keine Ahnung wo die entsorgt wird, das Labor hat seine Möglichkeiten, aber ich kann sie fragen, ob sie die Harfe noch irgendwo lagern können, für einen persönlichen Abschied. Das war's auch schon. Klar schieß los. Wo sagst du? Interessant, dass du das sagst, ich war vorhin dort, die Gründe darf ich dir natürlich nicht verraten. Ich schau morgen noch mal hin. Wenn du magst, kannst du mir die Stelle zeigen. Stacy? Der geht es gut, lässt sich leider nur noch selten hier blicken, sie und ihre Mutter, du kennst sie ja selbst. Hast du sie nach der Highschool noch mal gesehen? Richte ich aus, wenn ich sie mal wieder höre. Ich muss jetzt aber,

Bericht und dann Bett. Ich komme dann morgen gegen Mittag und sammle dich ein."

Leo, ist ein Guter. Das sagen alle. Ich ging mit seiner Tochter zur Highschool, wir waren zusammen in der Schulband, nach der Scheidung zog sie zu ihrer Mutter. Sie war die erste Frau, naja damals noch Teenager, für die ich anders fühlte, ich hab es ihr nie gesagt, ich war fast froh, als sie wegzog, denn irgendwann hätte ich mich gläsern gefühlt, es war noch zu früh für konkrete Gefühle, die Welten sprengen.

Löwen die schleichen,
ein Flüstern in unzerbrechlichen Schatten,
die durch Gräser steigen,
Auge sind und Kralle,
Nähe messen, mit Sprüngen,
hinter mir kein Wind,
hinter mir kein Sturm,
heißer Atem,
Hunger.
Ich war nie weit genug entfernt.

Ich hoffte auf Morgen, der schneller kam als mein Schlaf. Ich spürte den Traum, der sich hinter ihm verbarg. Du lagst in dem silbernen Auge, deine Harfe umarmend, der Himmel blutrot, eine blaue Ader floss an seiner Schläfe, färbte ihn zu Tag. Der Mann mit Zigarette, stand an dem steilen Ufer, ich wusste was jetzt kam, was ihn nicht davon abhielt es zu tun. Ich versuchte die Enten

zu scheuchen, ich versuchte dich zu mir zu ziehen,
noch ehe er sein Streichholz schmiss, beides misslang.
Das Feuer weckte mich und Kirk. „Wie lange schläfst du
schon? Ich hoffe die Gäste hatten keinen Bedarf,
ich hoffe du antwortest, es war ein Sekundenschlaf.
Geh nach Hause. Das Auto überlass ich dir in dem
Zustand nicht." Keine Diskussion half, er hatte die
Schlüssel, die Tische waren schon gedeckt, so half ich
nur mehr beim Buffet, ehe ich nach Hause ging.
Die Vögel sangen und ich spürte die Schwere des
Schlafes, der sich bis in meine Beine schob.
Die frische Luft hielt mich wach, als ich ankam, lag
schon die Zeitung vor der Tür. Ich nahm sie mit nach
oben, diesen Ort sah sie noch nie. Ich fiel in mein
ungemachtes Bett, was ich täglich im Hotel
be- und vollzog, blieb hier ein Zuviel.

Kapitel 5 - Keinen Schatten sah ich je irren

Es weckte mich die Türklingel, ich weiß nicht wie lange
sie schon schellte. Es war bereits Eins. Sheriff Leo stand
vor der Tür. „Ausgeschlafen? Soll ich später
wiederkommen? Keine Angst, das ist mein erster
Versuch. Ich hab es nicht früher geschafft. Meine Nacht
war ebenfalls zu kurz." Ich war froh über meine kurzen
Haare, 5 Minuten Badzeit und eine halbe Coke später,
saß ich bei Leo im Auto. Ich schlug vor, unten bei Eagle
zu parken und den Rest zu laufen. „Gut. Ich hab hier
einen Becher für eine Wasserprobe und eine Kamera.
Was möchtest du tragen? Hätte ich auch gewählt.
Du hast es gestern zum ersten Mal bemerkt?" Wir waren
am Anstieg, wo der Bach unterirdisch Richtung Wald
verlief, als wir blaue Farbe an Steinen und Gräsern
entdeckten. „Das ging ja schnell. Du hast es gestern erst
weiter oben bemerkt? Weißt du noch die Uhrzeit?
Im Labor sitzt ein Mathematiker, der freut sich über
solche Spielchen. Du machst die Bilder, ich schöpfe
etwas von der Farbe. Handschuhe, danke. Becher und
das lange Ding da, danke. Foto und noch mal. Sehr gut.
Wir gehen weiter hinauf." Immer wieder knipste ich ein
Foto, das sich sofort seinen Weg ins Freie bahnte.
Schütteln, ein Abnicken von Leo, Einstecken.
Weiter oben, war das Blau aufdringlicher verfing sich in
Ästen und am Gestein, die Farbe war zäh wie Lava,
so dass das Wasser ungehindert an ihr vorbeiströmte.
Ob es auf dem Weg, Giftstoffe daraus zog, musste das
Labor klären. Irgendwann standen wir unter der Brücke

und wurden von den Wachen entdeckt. „Hey ihr zwei, was macht ihr da, ab hier ist Privatgrund. Oh Sheriff Leo, ich hab sie nicht erkannt. Heute mit einem Azubi unterwegs. Auf Goldsuche?" Die beiden Wachen lachten. „Für sie noch immer Sheriff Thornton. Goldsuche. Ja so könnte man es auch bezeichnen. Lassen sie sich nicht stören, wir gehen nur noch die paar Meter, dann wird es eh zu steil. Wasserproben fürs Labor, wie jedes Jahr und einen Lehrling der diese Aufgabe im kommenden Jahr übernehmen darf, ich werde langsam zu alt dafür." Die beiden lachten wieder, diesmal etwas hämischer. „Ja das Alter…wird Zeit für die Rente." „Das würde euch so passen. Ich hab noch 15 Jahre, auch wenn ich nicht so aussehe. So das wars." Er bat mich, unter der Brücke noch Fotos zu machen, während er sich mit ihnen unterhielt, Fotos auch vom Flusslauf und vom Anwesen, oder das, was unter der Brücke davon sichtbar war.

„Schönen Tag noch die Herren." „Gleichfalls. Sie sollten lieber Verbrecher jagen…" „Hört mal, ich mache meinen Job, ihr euren. Der Teich wurde vergiftet. Die Gewässer hängen zusammen, könnte ja sein, dass das Grundwasser hier verseucht ist, das ihr hier täglich trinkt, könnte doch sein, nicht? Eben, das überprüfen wir. Muss ich mich rechtfertigen? Eigentlich nicht. Aber sonst heißt es wieder: der Sheriff sieht Geister, geht Goldsuchen, oder jagt kleine Fische. Grüßt mir den Hausherrn." Weiter unten murmelte er etwas in seinen breiten Schnurrbart. Dieser war noch nicht so weiß, wie von dem Gast in der Fransenjacke, aber er trug gelbe

Stellen von zuviel Zigarettenqualm. „Was für Idioten. Das da oben ist eine Verbrecherbande, die ganze Familie, über Generationen. Er ist ein Nachfahre der Meyers, frag mich nicht, in welcher Konstellation, ich glaube ein Enkel von Josephine. Kein Glück in der Liebe, eine wirklich arme Frau und ihre Kinder, nun ja, da war sie auch nicht mit Glück gesegnet. Eagle sagte was anderes? Ich schätze ihn sehr, er weiß wohl mehr als die meisten hier in der Stadt, aber eben nicht alles und manchmal trügt ihn seine Erinnerung. Mein guter Rat: frag dreimal. Das zweite Mal, wird er sich widersprechen, beim dritten Mal erfährst du die Wahrheit. Gut, Proben haben wir genug. Möchtest du bei uns anfangen? Überleg's dir. Zu tun gibt es viel, auch in so einem kleinen Städtchen und glaub mir, es wird schlimmer. Danke dir für deine Hilfe." Er ließ mich bei mir Zuhause raus, ich war froh über eine Dusche und etwas im Magen. Ich sah schon Sterne und spürte die Welt weicher werden. Ich versuchte es noch mal bei dir. Diesmal dein Bruder, Stiefbruder. Er löcherte mich gleich nach einer neuen Figur, die Information die ich brauchte, wartete erst am Ende, du bist nicht da. Irgendwo und du würdest dich sicher melden, wenn du zurück bist. Aus einem Kindermund klang es wie einstudiert, vorgesagt, aber ich glaubte es, versuchte es zu glauben.

Keinen Schatten sah ich je irren,
nur die Größe, maß ich anders,
Tagwandeln, Traumlos
und doch voller Träume,
Brücken ohne Ufer,
jede Seite spricht: geh,
blicke auf den Fluss unter mir,
hoffe, dass er Sprünge fängt.

In meinem Zimmer, jetzt ein Bild von dir, ich schnitt es
aus der Zeitung, hinter dir Patti und Neil, die fragen sich
jetzt, wer du bist. Ich wünschte ich könnte es
beantworten. Es ist ein schönes Bild, der Regen nimmt
ihm die Farbe, nicht aber die Farben meiner Erinnerung.
Es klemmt an meinem Spiegel, vielleicht trau ich mich
jetzt mehr, hineinzusehen. Ich lebe noch in dem
Zimmer eines Teenagers, Poster meiner
Lieblingsmusiker, meiner Lieblingsfilme, ein paar
Kuscheltiere und meine Gitarre immer griffbereit.
Ein Mobile mit Planeten und Wattewolken und Platten,
überall Platten. Ich bin ein Teenager der das Leben eines
Erwachsenen lebt, Schicht um Schicht, kaum Zeit um
das verdiente Geld auszugeben. Carol hat das Zimmer
Gegenüber, Kirk ist in das Schlafzimmer unserer Eltern
gezogen. Einer der größten Räume im Haus, mit den
wenigsten Dingen, aber den größten Geheimnissen.
Aufzuzählen was ich gerade vermisse, ist sinnlos.
Ich weiß es, du ahnst es. Carol geht noch zur Highschool, hilft wann sie kann, wann sie Lust dazu hat.
Ich muss los. Vielleicht werde ich einmal Polizistin,
wenn sich für Musik die Verbrechen nicht mehr lohnen.

Kapitel 6 - Der Sturm wird Brücke

Ein verstimmtes Klavier. Es steht unten im Wohnzimmer,
manchmal spielt Carol, manchmal versuche ich darauf
ein paar Schritte, es ist mehr ein Stolpern, als ein Tanz.
An Weihnachten darf es glänzen, mit den Engeln singen.
Zur Kirche gehen wir nicht, die Kirche ist hier.
3 Menschen, die in ihrer Kindheit zurückgelassen
wurden und sie an dem Tag feiern, an den meisten
anderen Tagen aber verdammen. Es läutete an der
Haustür. „Kristin, komm mal, die wollen zu dir!"
Carol schlängelte sich an der langen Telefonschnur
zurück in die Küche und überließ mich dem Herrn mit
der braunen Kordjacke „Kristin Wheeler? Hallo. Ich bin
Lloyd…nicht lachen…Wizzkey von Dragonfly Records.
Ein Sublabel von…richtig, du kennst uns? Wir haben
dich im Radio gehört, nicht nur einmal…und es war gar
nicht so einfach, dich ausfindig zu machen, der Plattenladen, der die Single ans Radio weiterreichte, gab uns
dann entscheidenden Tipp. Glückwunsch zu dem Song!
Und ich sag das nicht leichtfertig, das ist ein Diamant
zwischen all dem rostigen Folk, der im Moment aus dem
Radio tönt. Ich komm gleich auf den Punkt,
wir würden euch gerne unter Vertrag nehmen.
Die Single ist, so wie sie ist, perfekt, vor allem das Ende.
Ich lass dir die Verträge da, lies sie dir durch, warte nicht
zu lange, dann benötigen wir das Masterband und noch
ein paar Songs mehr. Du musst dich erst besprechen?
Ach der Song ist nicht von dir? Ja, dann besprich dich
mit ihr, wir benötigen dann auch ihre Unterschrift und

dann kann's losgehen, man muss die Suppe essen, solange sie heiß ist. Das war's auch schon. Hier ist meine Karte, da steht alles drauf. Hier noch ein Sampler von uns, damit ihr wisst, wer dann eure musikalischen Nachbarn sind, mit dem ein- oder anderen werdet ihr dann auch auf Promotour gehen. Sagt mir, wer euch am meisten zusagt und ich arrangier ein Treffen. So, ich muss los, hat mich gefreut dich kennenzulernen und meldet euch, ja?"

Das Gespräch dauerte keine 10 Minuten, ein Sturm der durch den Vorgarten fegte, alles mit sich riss und dann den Gesang wieder den Vögeln überließ.

Carol vom Telefon zu jagen, dauerte länger, als das Meeting mit Mr. Wizzkey. Fluchend jagte sie nach oben, ich sei die schlimmste Schwester der Welt, ein Satz, den ich täglich höre, nur selten ist er ernst gemeint. Deine Mutter vertröstete mich, später war es dein Bruder, dann wieder deine Mutter. Sie versprachen mir, sie würden es dir ausrichten, einen Zettel schreiben, aber du hattest dich seit der Abreise nicht mehr gemeldet. Ich machte mir Sorgen. Ich erzählte deiner Mutter von dem Besuch. Ihre Freude war echt, sie war ganz aufgeregt, ich musste schmunzeln, wie sie die Worte vertauschte, sie würde sich melden, wenn sie Neuigkeiten hat, aber natürlich durfte ich auch jederzeit anrufen, nur nicht spät nachts, das ist gewöhnlich die Zeit der schlechten Nachrichten.

Ein Sturm wird Brücke,
ist Hand für den, der sich fügt,
sag mir welchen Himmel du siehst,
ist er Fremder, ist er Freund,
oder nur Gast zwischen den Nächten
und wenn ich renne, weiß ich nicht,
ob ich zu dir renne,
oder ich mich von dir entferne,
steh ich dann vor dir,
oder hinter dir,
ich öffne das Fenster für einen klaren Mond.

Kirk war heute ungewohnt zahm. „Du ich kann das
nicht. Streiten. Wir müssen hier den Laden am Laufen
halten, das funktioniert so nicht, das frisst unnötig Kraft.
Die hab ich im Moment nicht. Du bist verliebt, du hast
Bonuskräfte. Ich…" Plötzlich begann er zu weinen,
ich nahm ihn in den Arm. „Du hast Recht, ich hab dich
angelogen. Bitte, versprech mir, dass du es nicht
weitererzählst. Ich kenne den Dieb und ich kann es mir
bis heute nicht erklären, warum er das tat. Ja, wir hatten
was zusammen, ein, zwei Nächte, nichts Ernstes,
ich hätte es mir gewünscht, aber am letzten Tag, war er
ziemlich abweisend, wollte das, was er auch bekam,
es machte ihn nicht glücklich. Seine Flucht und der
Diebstahl…ich meine fast, er hätte darauf gelauert.
Bitte frag mich nicht nach dem Warum, vor allem warum
er die Harfe im Teich versenkte. Nein, einen Namen
werde ich dir nicht nennen, aber bitte verzeih mir meine
Lüge, wir sind doch eine Familie…"

Ist ein Geheimnis, nicht der Anfang einer Lüge?

Ich erzählte Kirk nichts von dem Vertrag, die Aussicht, ihn und Carol vielleicht einige Zeit alleine mit der Arbeit zu lassen, hätte sich wie ein Bestrafung angefühlt.

Wir deckten die Tische für das Frühstück. „Bist du dir sicher mit Yasmeen? Ich meine, du kennst sie kaum und vielleicht seht ihr euch nie wieder, die Entfernung ist immer ein Argument für Abschiede. Ich spreche aus Erfahrung. Verrenn dich nicht in die süße Europäerin. Ihre Wurzeln liegen dort, das hier, will doch niemand. Das wissen wir beide, Carol wird die Erste sein, die flüchtet. Fluchtpläne sind schon geschmiedet und ich kann sie verstehen. Irgendwann wird der Löwe hier klopfen und wir werden einwilligen, was hält uns hier? Das Geld? Weil es eine so offene, liebevolle Stadt ist? Dass wir etwas verteidigen, was uns nie gehörte? Eagle hat seine Leute, der braucht uns nicht. Der Löwe wird ihn irgendwann fressen und dann den Nächsten, bis niemand mehr da ist, nur noch Erinnerung.

Die Löwen lauern. Lass uns für heute Schluss machen, fahr nach Hause, wir sehen uns morgen Früh.

Kapitel 7 - Über die das Laub steigt

Ich zog mir gerade die Schuhe an. Ich war gut in der
Zeit, Kirk hätte keinen Grund zur Beschwerde.
Das Blaulicht was sich von fern andeutete, hielt vor
unserem Haus. Sheriff Leo brauchte nicht zu läuten,
ich stand ja vor der Tür. Als er seinen Hut abnahm
wusste ich, dass es etwas passiert sei. „Kristin, kann ich
reinkommen? Ist Carol auch da? Nein, weck sie noch
nicht. Können wir uns irgendwo setzen,
ins Wohnzimmer?" Ich hatte genügend Krimis gesehen
um zu wissen, dass nach alledem nun eine schlechte
Nachricht folgte. Ich setzte mich aufs Sofa, Leo setzte
sich neben mich. „Es tut mir Leid Kristin, Kirk ist tot.
Ein Gast rief uns an, er fand ihn im Speisesaal. Es war
kein natürlicher Tod…" Er nahm mich in den Arm.
Ich fand weder Worte noch Tränen. Er hielt jemanden,
der zu Teilen in dem Moment starb und Erinnerungen
gebar, die von nun an mit Schmerz erfüllt waren.
„Hey ihr zwei, bei dem Geblinke, kann doch niemand
schlafen. Is was?" Leo versuchte zu einer Erklärung
auszuholen, er nannte nur Kirks Namen. Carol stolperte
die Treppen aufwärts Richtung Zimmer, ich hinterher.
Sie versuchte abzusperren, dann hörte ich einen
dumpfen Schlag. Leo half mir, sie aufs Bett zu legen.
Sie kam zu sich und verkrampfte in einem stummen
Schrei, den ich nicht mehr vergessen werde. Sie zitterte
und würgte Tränen. Erst jetzt lösten sich auch Meine.
Wir verloren uns beide in Leos breiter Umarmung.

„Ihr wisst, ich muss euch das fragen, wo wart ihr heute Nacht und wann habt ihr Kirk zuletzt gesehen? Verstehe. Und er war wie immer, oder…Kristin ich muss dich bitten mit an den Tatort zu kommen, hast du irgendwen der sich um Carol kümmern könnte.

„Ich komme mit!" „Glaub mir Carol, es ist besser wenn du hier bleibst." Wen sollte ich nennen, zum ersten Mal wurde mir unsere Einsamkeit hier in der Stadt bewusst. Keine Freunde, keine Familie, nur die Arbeit, die Kirche…dort waren wir seit Jahren nicht mehr. Eagle. „Eagle? Gut ich lass ihn bringen." Es gab kein Warten, nur Fragen und Tränen. Irgendwann standen Eagle und T-Bone in der Tür. T-Bone umarmte mich, dann gingen sie mit Carol ins Wohnzimmer ich verließ mit Leo das Haus, das nun zum Geisterhaus wurde.

Im Auto erzählte ich von dem letzten Gespräch mit Kirk. Er wusste wer der Dieb war. „Den Namen nannte er dir nicht, versuch dich zu erinnern? Vielleicht hat er irgendwas angedeutet?" Ich empfand seine Fragen als zu nüchtern, mir fehlten die Antworten, mir fehlten die Erinnerungen. Was sollte ich jetzt machen, wir hatten Gäste. „Die werden jetzt befragt und dürfen erst abreisen, wenn wir die Fragen geklärt haben. Hast du jemanden, der…" Nein ich hatte niemanden! „Entschuldige. Meinst du, du schaffst es, dich um die Gäste zu kümmern. Wann kommt das Küchenpersonal? Gut. Da sind wir."

Vor dem Hotel standen mehrere Polizeiwägen und ein Krankenwagen. Einige Nachbarn standen an ihren Fenstern. Es blinkte und leuchtete wie auf einem Jahrmarkt, es fehlte nur das Lachen. Eine Polizistin hob die gelbe Banderole, unter der Leo und ich ins Hotel schlüpften. Kirk war noch hier. Er lag abgedeckt im Speisesaal, ich hatte den Drang mich zu übergeben, als ich das viele Blut sah.

„Komm, hier entlang. Du wirst Kirk später identifizieren, ich weiß, eigentlich ist es unnötig, es ist reine Formsache. Jetzt ist es zu früh, glaub mir. Wir fahren euch dann zur Gerichtsmedizin. Kannst du mal in der Kasse nachsehen, oder habt ihr einen Tresor, ob irgendetwas fehlt." Kirk fehlt. Sonst fehlte nichts.

„Kristin, alles was ich zu dir sage, mag hart klingen, aber glaub mir, ich fühle mit euch. Ihr dürft trauern, ihr müsst trauern. Ich muss einen klaren Kopf behalten, denn nichts liegt mir mehr am Herzen als Kirks Mörder zu finden. Das Blut ist noch warm, aber das ist die Zeit, wo der Täter am meisten Fehler macht, wir wissen nicht ob es Vorsatz oder aus Affekt war. Das werden die Gerichtsmediziner feststellen. Das macht etwas mit einem Menschen, bitte sag mir Bescheid, wenn sich irgendjemand seltsam benimmt, einer der Gäste, jemand aus der Stadt, Leute die Kirk kannten. Ob Anrufe oder Briefe kommen, die du nicht einordnen kannst, jetzt ist deine und auch Carols Intuition gefragt, Im Moment regiert der Schmerz und der darf sein, das sind die Gefühle zu Kirk und seine Abwesenheit und die Wut darüber, wie er gegangen ist, aber gleich dahinter lauert eine hohe Sensibilität für Stimmungen, Gesten, Worte, sie blickt hinter die Masken, das ist eine Gabe, die jetzt jene besitzen, die eine große Verbundenheit mit dem Verstorbenen haben. Die Herzen starren. Bitte kümmere dich jetzt um die Gäste, biete ihnen was zu trinken an, wir werden jetzt Zimmer für Zimmer abgehen und sie befragen.

Es waren nur 4 Zimmer besetzt, doch die Befragung dauerte ewig. Manche befanden sich noch im Halbschlaf, andere wollten sofort abreisen. Dann ging das Telefon. „Hi Kristin. Ich hoffe du hast mich noch nicht vergessen. Es war so viel los bitte entschuldige, dass ich mich erst jetzt melde, du wirst nicht glauben…Kristin?" Ich legte auf und übergab mich in den Papierkorb, sehr zum Unmut derer, die die Spuren sicherten, der Papierkorb war noch nicht Teil ihrer umfangreichen Arbeit. „Wer war der Anrufer? Yasmeen? Deine Bekannte? Gut. Bitte schreib mir Nummer und Name auf und das ab jetzt bei jedem, der anruft. Sag, du rufst zurück. Das übernehmen dann wir und jene, die weder das Eine noch das Andere hinterlassen, notiere was dir auffällt, Mann, Frau, jung, alt…Ich weiß, das ist jetzt unheimlich viel. Wie gesagt, jetzt werden die Fehler begangen, wir sind auf der Lauer, ich insbesondere, ich trage meinen Namen nicht umsonst. Er versuchte zu lächeln, es war genauso gequält wie das Meine.

Der Wind,
der über das Laub steigt,
lässt es tanzen,
zum ersten Mal tanzen,
ich sah es nie so frei.

Du riefst später noch mal an. Sagtest die Polizei,
ein Sheriff Thornton, hätte mit dir telefoniert und du
hättest mit Kirk gesprochen. Er meinte, ich sei nicht da,
du sollst es später noch mal versuchen. Ich hörte dich
weinen, nur weinen und wir verschoben das Telefonat
auf später, ich wusste nicht, wann Später sei.
Aber nicht hier, nicht im Hotel, bei mir Zuhause,
damit es die Geister vertreibt,
die jetzt Zuwachs bekamen.

Kapitel 8 - Ein Brief mit eisernen Flügeln

Unsere Stimmen klangen weich, das salzige Wasser
schliff was noch oberhalb einer Wunde trieb, doch fast
gläsern blickten wir auf uns. T-Bone rief mich an,
sie würden bei Carol bleiben. Eagle sang ihr Lieder,
das beruhigte sie. Die Gäste hatten kaum Appetit,
ich servierte das Wenige auf den Zimmern, niemand
traute sich hinunter. Der Speisesaal war noch mit einem
gelben Band abgetrennt. Kirk lag wahrscheinlich schon
auf einer kalten Bahre und zeigte, was nicht mal ich sah.
Seinem Körper gedachte man mit kleinen Klebestreifen,
die ihn umrandeten, grob und plump, inmitten von
rostigem Blut. Leo meinte, sie kämen morgen wieder,
mit einem Reinigungsteam, ich solle auch so wenig wie
möglich berühren, er wiederholte alle Anweisungen
erneut, meinte ich würde sie in meinem Zustand
vergessen, ich vergaß nicht. Alles was seit heute morgen
geschah, geschah für ein Gehirn eines
Heranwachsenden. Alles war neu, ich sog es auf, wie ich
Filme aufsog und doch hielt mich meine Trauer ab vor
dem Überschwang eines Lernenden. Ich schlich mich
unter das Band, ich schüttelte selbst den Kopf, als würde
mich jetzt irgendwer beobachten. Ging ganz am Rand.
Die Fensterläden waren geschlossen, ich tastete mich mit
einer Taschenlampe durch den Raum, doch ich vermied
es, Kirk zu berühren. Ich spürte, dass etwas fehlte.
Was es war, konnte mir kein Polizist verraten, nicht mal
Carol, die hier arbeitete, doch träumte,
sich weit weg träumte.

Das Telefon läutete. Es war 2:20 in der Nacht,
ich befürchtete, dass es Carol schlechter ging.
Niemand meldete sich, ich hörte nur ein leises Atmen.
Ich war versucht aufzulegen, doch ich wartete auf
irgendwas, Worte, ein Stöhnen, ein erlösendes
Klickgeräusch. Nur ein Atmen. 2 Minuten, 5 Minuten.
Ich unterbrach es nicht, versuchte hindurchzuhören,
doch dahinter war nur Dunkelheit. Dann legte der
Anrufer auf. Ich rief Leo an. Er war im Bett,
seine Stimme klang Traumverwässert. „Ja…Kristin…
ich…höre…Sehr gut ja…ich komme in ein paar Stunden,
ja, sperr die Tür ab, ja. Bis später." Ich zitterte, beide Knie
hüpften wie vor einer Klassenarbeit, ich wäre jetzt gerne
hinausgelaufen, schreiend. Ich wusste, dass er es war.
Ich wusste nicht was er wollte. Er hatte keine Angst.
Er kehrte aufs Schlachtfeld zurück und schaute, ob da
noch jemand war. Etwas fehlte. Etwas war zuviel.

Ein Brief mit eisernen Flügeln,
ich begleite ihn mit Fantasie,
spüre seinen Schatten,
der das Licht beschwert,
er spricht Rückkehr,
er spricht Rückkehr,
die Tür verschlossen,
bis du deinen Namen nennst.

Leo klopfte, als die Vögel zu singen begannen.
„Ich konnte nicht mehr einschlafen. Erzähl.
Ich bewundere deine Geduld, ich hätte aufgelegt.

5 Minuten Stille sind ungewöhnlich. Er wird wieder anrufen. Ich werde eine Fangschaltung beantragen. Das kann leider dauern, bis dahin, müssen wir ihn lassen. Es hat einen Grund. Wir kennen ihn nicht, für ihn ist er so wichtig, dass er sich aus der Deckung begibt und dass kurz danach, als er in den Schatten sprang, das ist riskant. Entweder ist es ein Verrückter oder er hegt einen Plan. Wir müssen aufpassen. Ich stell euch eine Wache zur Seite, jemand Erfahrenen, dem kannst du vertrauen, er wird hier als Gast mit einer Kollegin einchecken. Ein Pärchen, Flitterwochen, das Zimmer war lange reserviert, irgendwas in der Art. Da fällt uns schon was ein. So können wir die Fangschaltung auch in einem Zimmer installieren, unauffällig, wir wissen nicht, ob er uns beobachtet, aber wir müssen immer einen Schritt voraus sein. Wir sind der Schatten in dem der Löwe lauert. Kann dich hier jemand ablösen? Du musst schlafen. Ich? Nie im Leben. Ich hasse Hotels." Wir lachten, diesmal nicht gequält und viel länger als für einen schlechten Witz angebracht. Ich schlug wieder T-Bone vor. „Du wohnst hier schon so lange, aber viele Freunde habt ihr nicht, oder? Ja T-Bone ist eine gute Idee, wenn er möchte. Ich würde dir und Carol raten, vorübergehend hier her zu ziehen. So haben wir euch im Auge. Hier wird er nichts mehr riskieren, zu viel Polizei, zu viele unkalkulierbare Situationen. Bitte erschrick nicht, wenn ich dir das jetzt sage. Wahrscheinlich war es etwas Persönliches. Für einen Affekt war es zu gezielt, zu...viel. Der Täter kannte wohl

deinen Bruder. Er weiß nicht, dass er mit dir über ihn
gesprochen hat. Wir wissen, dass er es tat, aber keinen
Namen nannte. Das weiß er nicht. Deshalb die
Überwachung, die wird im Laufe des Tages hier
aufschlagen. Yasmeen, hat wahrscheinlich schon von
meinem Anruf erzählt. Sie war wohl die Letzte,
die deinen Bruder lebend hörte. Der Anruf muss gegen
halb 5 Uhr morgens gewesen sein, was sich mit dem
ungefähren Todeszeitpunkt deines Bruders deckt.
Entschuldige, das war jetzt wieder viel zu viel.
Aber ich bin jederzeit erreichbar, wenn du Fragen hast.
Die Beerdigung? Das kann ich dir noch nicht sagen,
die müssen die …Kirk freigeben, das kann noch etwas
dauern. Konntest du deine Eltern schon erreichen?
Ihr habt keine Nummer? Keine Adresse? Das sollen
meine Kollegen herausfinden, die sind auch Polizisten."
Ich hatte nicht versucht unsere Eltern zu erreichen,
nicht einen Moment daran gedacht, für mich sind sie
Fremde und toter als Kirk je sein könnte.

Kapitel 9 - Lehrt mich vermissen

Es klopfte an meiner Tür. Irgendwann gegen Mittag.
T-Bone stand vor mir. „Entschuldige, eigentlich möchte
ich dich nicht wecken. Aber ich bekam gerade einen
Anruf, der deiner Erzählung ähnelte. Ich fragte, was er
wolle, aber der Anrufer war einfach nur da, atmete,
er legte dann auf, wahrscheinlich hatte er nicht mit mir
gerechnet. Soll ich das Leo melden? Das Pärchen ist auch
gerade angekommen, ich gab ihnen Zimmer 9, ich hoffe
das war in Ordnung? Carol half mir beim Frühstück.
Die Gäste, naja kannst dir ja denken, sind genervt,
wollen nach Hause. Die Frau mit den Kindern ist in die
Mall gefahren. Die anderen sind hier spazieren und
warten auf Leo. Genug der Infos, dann geb ich Leo
Bescheid, wegen des Anrufs. Gut. Dann schlaf weiter."
T-Bone hatte Humor. Natürlich konnte ich nicht mehr
schlafen. Ich stand auf und fuhr in unser Haus und holte
ein paar Sachen. Carol wollte mitkommen. T-Bone nahm
dies in seiner stoischen Art hin und blätterte in einer
Zeitung, sein Atem verriet das Bier, das wahrscheinlich
in einer der Schubladen auf den passenden Moment
wartete. „Was wird jetzt aus uns? Aus dem Hotel?
Wir sind jetzt zu zweit, ich möchte das hier nicht und du
kannst das doch auch nicht auch wollen? Bitte lass uns
von hier weggehen, die Stadt brachte noch niemandem
Glück. Niemandem." Sie starrte aus dem Fenster,
die Häuser, die wie eine bemalte Kulisse, mit dem immer
selben Motiv, an uns vorbeizogen, malten Lichtpunkte
auf ihr Gesicht. Die Mittagssonne spiegelte sich in den

Fenstern und den kalkweißen Wänden. Wir beeilten uns.
Jeder von uns griff sich eine Tasche und einen Koffer.
Klamotten, Bücher, ein paar Wertsachen. Meine Gitarre.
Carols Tagebuch. Das schon braune Obst aus den
Schalen. Dann läutete das Telefon. Carol lief wie
gewohnt in die Küche. „Hallo….hallo? ….Sie…das sind
doch sie….Mörder! Mörder! Mörder!...." Ich versuchte
sie von dem Telefon zu lösen, sie kratzte, schrie, tobte,
strampelte, ich hielt sie, solange bis es nur mehr Tränen
waren und sie kraftlos in meinen Armen lag. Der Hörer
baumelte wie an einem Galgen und ich hörte eine
Stimme, welche die Wörter „Mörder" auf kindliche
Weise imitierten. „Mörder", „Mörder" schallte es mit
verstellter Stimme aus dem Mund des Gehängten,
dann der erlösende Klick. Das Genick gebrochen,
der Herzschlag der Leitung wieder auf Null.
Wir eilten aus dem Haus, ob ich abschloss, weiß ich nicht
mehr. Er wusste wo wir waren. Sein Auge war auf uns
gerichtet. Vor dem Hotel stand schon Leos Wagen.
Er unterhielt sich draußen mit dem frisch eingezogenen
Pärchen und machte sich Notizen, sichtbar,
ein Schauspiel. Carol lief an ihm vorbei…. „Alles in
Ordnung? Ich komme gleich rein." T-Bone sprach an
der Durchreiche mit dem Koch, der Teller mit Reis und
dunkler Fleischsauce zu ihm hinüber schob. „Das ist für
das Flitterpärchen. Na die haben sich ja die beste Zeit für
ihren Abstieg hier ausgesucht." Im Speisesaal waren die
Tatortreiniger beschäftigt. Der scharf-säuerliche Geruch
der Reinigungsmittel biss sich mit dem Geruch aus der
Küche. „Ich servier's draußen." Das Pärchen nahm die

Teller in Empfang und sie setzten sich auf die Veranda, eigentlich hatten sie keinen Hunger, aber eine lange Reise gehörte zum Spiel, sie spielten es glaubwürdig, für jene, die vom Spiel nichts wussten. „Also, was ist passiert?" Leo nahm mich zur Seite, ich ging mit ihm zu Carol, die gerade in ihrem Tagebuch schrieb.

Carol schwieg. Ich versuchte zu erklären, ohne Leo zu verärgern. Ich spürte, wie er innerlich hochkochte, doch er sagte nur ein trockenes: „Verstehe." Carol blickte nicht aus ihrem Buch auf, schrieb und schwieg.

„Gut, dann werden wir sehen wie er reagiert. Jetzt wissen wir, dass er euch beobachtet…Ihr bleibt jetzt hier und wagt erstmal keinen Schritt mehr vor die Tür. Carol hörst du mich? Das ist wichtig." Sie zuckte mit den Schultern. „Könnt ihr jetzt bitte gehen, ihr nervt." Leo und ich gingen ins Zimmer nebenan, dort hatte ich mein Lager aufgeschlagen. „Pass auf Carol auf. Sie ist ein Teenager, die interessiert sich nicht für Regeln und sie steht unter Schock, das ist eine gefährliche Mischung. Dass sie so reagiert hat, ist verständlich, aber es macht die Sache riskanter. Emotionen füttern den Mörder, er sieht, dass er etwas bewirkt hat. Du meintest, er hat Carol nachgemacht, mit verstellter Stimme. Das ist gut, er hat seine Stimme gezeigt und vor allem eine Reaktion, die, ja, sehr kindisch war, oder würde ein Erwachsener so reagieren? Meinst du, du schaffst die Nachtschicht? Ich denke er wird sich wieder melden, er ist jetzt im Spiel und es scheint ihm zu gefallen. Vince und Nathalie, sind da, sie werden immer mal wieder nach unten kommen. Die anderen Gäste können morgen

fahren, ich denke nicht, dass der Täter unter ihnen ist.
Jemand sagte etwas Interessantes, er war gerade auf
Toilette, als noch jemand in den Waschraum kam und
scheinbar mit sich selbst sprach. Mit einer dunklen und
einer fast weiblichen Stimme, ganz unverständliches
Gemurmel. Zuerst meinte er zwei Menschen seien im
Raum, aus irgendeinem fremden Land, als er sein
Geschäft beendet hatte, stand nur einer im Raum,
den Rasierschaum über das ganze Gesicht verteilt.
Er grüßte, der Fremde grüßte zurück. Yasmeen erzählte
ähnliches. Es könnte Derselbe gewesen sein, ob er auch
der Mörder war, ist bisher reine Vermutung, der Dieb zu
80%. Genug geredet, ich glaube ich habe dir mehr
gesagt, als ich eigentlich darf, deshalb, das bleibt unter
uns, ein Betriebsgeheimnis von Kollege zu Kollege."
Er drückte meine Schulter und ging nach unten.
Ich hörte, wie Carol nebenan weinte und auf ihre
Matratze oder ihr Kissen einschlug. Ich wäre gerne zu
ihr, ich hätte nichts Tröstendes gefunden, außer einer
Umarmung, die sie im Moment als Fessel empfand.
Da hörte ich ein seltsames Winseln, ich konnte mir nicht
vorstellen dass es von Carol kam, wenn doch, machte ich
mir ab jetzt ernsthafte Sorgen. Sie hatte nicht
abgeschlossen, so wie wir sie ließen, so saß sie wieder
auf dem Bett, nur das Kissen war verbeulter.
„Was war ich? Hörst du jetzt schon Stimmen?
Reichen dir die aus dem Telefon nicht? Kannst du jetzt
wieder…Leo nahm den Schlüssel mit, macht sich wohl
Sorgen, wenigstens Einer…" Ich versuchte zu widersprechen, mich zu nähern, es war nicht der richtige

Zeitpunkt, Zurückweisung,
hätte ich im Moment nicht ertragen.

Heute lehrst du mich vermissen,
zaghaft erst,
wie der Duft von Jasmin,
Heute lehrst du mich vermissen,
in einem Karneval der Wunden,
der den Herbst in meinen Körper zieht,
lockt mit Süße,
wie ein scheues Tier.

Kapitel 10 - Bis du Rückkehr bist

Später klopfte es an meiner Tür, ich versuchte mich in
ein Buch zu versenken, doch der erste Satz war unüber-
windbar. „Kristin? Hi, ich bin Nathalie. Der eine Teil
des Flitterwochenpärchens, Leo hat dich hoffentlich auf
uns vorbereitet. Vince ist gerade bei deiner Schwester.
Kann ich euren Koch abwerben? Unsere Kantine könnte
professionelle Verstärkung gebrauchen. Aber wir sind
ja hier nicht auf kulinarischer Exkursion, auf die Fangschaltung müssen wir wohl verzichten, die wird
anderorts mehr benötigt, aber falls er dir noch nicht
aufgefallen ist, wir haben noch einen Gast mitgebracht,
er war bis jetzt bei uns auf dem Zimmer, Leo, hat nichts
gesagt? Dann komm mal mit." Wir gingen zwei Zimmer
weiter und als wir uns näherten wurde das Winseln
lauter. „Jaoh, Jonah, da sind wir wieder. Schau mal,
wen ich dir mitgebracht habe, ach ihr seid schon da?
Im Zimmer saßen Vince und meine Schwester,
sie kraulte Jonah hinter den Ohren. „Ja das gefällt dir,
das glaub ich, weil du so wenig Streicheleinheiten
bekommst, beschwer dich ruhig…Also, darf ich
vorstellen, Jonah. Ein Fährtenhund, nicht irgendeiner,
unser Bester und ein hervorragender Wachhund, er wird
uns die nächsten Tage unterstützen. Nicht nur auf der
Suche nach der Tatwaffe, vielleicht wittert er aber auch
die entscheidende Spur und natürlich darf er beschmust
werden, das mag er am allerliebsten…hab ich recht?
Sag ich doch." Er leckte über meine Finger und ich
berührte seinen weichen Kopf, er schien den Moment zu

genießen, wahrscheinlich spürte er, dass wir ihn nötiger hatten als er uns. Carol lächelte zaghaft und konnte gar nicht von ihm lassen. „Darf ich ihn mit auf mein Zimmer…" „Klar. Aber zuerst müssen wir eine Runde mit ihm drehen, die Autofahrt war tatsächlich lang. Heute Nachmittag wird Leo, die letzten Gäste nach Hause schicken, dann wird es übersichtlich hier, aber, es werden die nächsten Tage noch ein paar Gäste kommen, auch Leute von uns, damit unsere Ablöse übergangslos und hoffentlich unauffällig geschieht. Gut, Vince, Schatz, dann auf zu unserem romantischen Spaziergang, du freust dich, stimmt's? Ach komm schon…" Die Beiden gingen mit Jonah ins Freie.

Am liebsten wäre Carol mitgegangen. Wir kümmerten uns um die Zimmer und die letzten Gäste, die genervt, aber auch erleichtert das Hotel verließen. Leo, nahm sie draußen in Empfang, drückte ihnen eine Visitenkarte und ein paar Zettel in die Hand und verabschiedete sie nun ganz offiziell. Wir werden sie wohl nicht wieder sehen. Auch T-Bone machte sich auf den Heimweg.

„Nichts zu danken, aber jetzt brauche ich etwas Schlaf. Ihr kommt heute alleine zurecht? Gut. Aber habt keine Scheu anzurufen, wenn ihr etwas benötigt. Leckerlis? Oh, ja kann ich euch morgen besorgen, Eagle hat sicher welche, er liebt Hunde, hatte selbst mal einen, mehrere sogar, die Zeit fraß sie alle. Ich war schon immer mehr der Katzenmensch. Passt auf euch auf. Ja richte ich aus… danke!"

Die Tatortreiniger waren gründlich, vor ein paar Jahren hatten wir den Fußboden des Speisesaals fliesen lassen, das Holz hätte nicht so schnell vergessen. Es roch noch nach Chemie, da die Läden geschlossen blieben, drang auch bei geöffnetem Fenster nur wenig frische Luft ins Innere. Jetzt wusste ich was fehlte. Es wurde die letzten Tage so selbstverständlich, dass ich nicht darauf achtete. Leo legte gerade den Rückwärtsgang ein und wollte vom Hof fahren, als ich ihn noch zu fassen bekam. „Die Platte von dir und Yasmeen fehlt? Bist du dir sicher? Dass du sie mit zu euch genommen hast, oder im Handschuhfach deines Autos? Gut. Ich komm noch mal mit rein." Wir durchsuchten beide den Speisesaal und die wenigen LPs die neben dem Plattenspieler standen, es gab so viel Zwischenräume, doch keiner erwies sich als das perfekte Versteck. Unser Koch und seine Küchenhilfe, die auch unsere Putzhilfe war, schienen von unserer Frage überrascht, kündeten aber Interesse an, sie einmal hören zu wollen, wenn sie wieder auftaucht. Keine Schublade, kein Bücherregal war vor unseren Augen und Fingern sicher, auch Carol stieg mit ein und blieb genauso erfolglos wie wir.

„Gut, wir haben jetzt alles umgedreht und geöffnet, was zum Umdrehen und Öffnen war. Mal angenommen der Täter hat sie mit. Stellt sich die Frage: Warum? In einem völlig chaotischen Moment, greift er sich eure Platte, war die beschriftet, hatte sie ein besonderes Motiv auf dem Cover? Weiß und nur eure Namen und den Titel mit Filzstift darauf? Versetz dich in die Lage des Täters, würde dich dieses Objekt in dem Moment, wo du Angst hast entdeckt zu werden und das Fluchtverhalten einsetzt, anspringen? Es lag wahrscheinlich auf dem

Plattenspieler, sagst du. Wir werden die Gäste nochmal befragen, aber die sind alle noch unterwegs, ob ihnen die Platte auffiel, oder eines der Kinder, sie vielleicht…man weiß nie, ein Andenken." „Vielleicht war's auch für den Mörder ein Andenken. Egal was, etwas in Griffweite, leicht…" „Vielleicht hast du Recht Carol, wir werden dem nachgehen. Ah, Vince und Nathalie kommen auch gerade, sehr gut, dann setz ich jetzt meine Heimfahrt fort. Wenn was ist, meldet euch. Ansonsten vertraut den beiden, ich meine, den dreien, die machen einen guten Job!" Leo notierte sich noch etwas auf seinem Notizblock, der seine Brusttasche seltsam wölbte und tätschelte Jonah den Kopf, der ihn winselnd anblickte. „Du willst immer nur das Eine. Sorry mein Freund, du weißt, ich hab leere Taschen. Carol hat doch sicher was…oder täusch ich mich?" Carol grinste, sie hatte sich vorhin von der Küche ein paar Mohrrüben zerkleinern lassen, die sie ihm jetzt reichte… „Darf ich?" „Vitamine gehen immer, hast du für mich auch ein paar? Danke. Ach ja, Leo…Ich glaube er hat etwas gewittert, er zog Richtung Bach …ich hoffe morgen kommt kein Regen, wir werden gleich in der Früh mal mit ihm dort entlang spazieren. Jetzt darfste gehen. Schönen Abend Leo. Und was machen wir jetzt mit dem angefangen Abend Nat?" „Habt ihr Spiele hier, wir könnten nach dem Abendessen doch zusammen etwas spielen, das bringt uns auf andere Gedanken. Und Kristin, ist es für dich in Ordnung, dann wieder den Empfang zu besetzen? Nat oder ich bleiben dann bei dir, falls doch noch einmal ein Anruf kommt. Und wir sollten die

Eingangstür von innen abhängen, so dass niemand einen Blick auf den Empfang hier hat. Leo meinte nicht zu Unrecht, dass wir wohl beobachtet werden. Ja, einfach etwas Pappe oder ein Tuch, das können wir am Morgen wieder abhängen, aber jetzt mit der Innenbeleuchtung, blickt er direkt in unser Auge."

Ich hatte kaum Appetit, was Jonah zu Gute kam, aber nicht unbemerkt blieb und einen ernsten Blick von Vince beschwor. „Der gewöhnt sich das noch an, aber nett von deiner Küche, dass die uns noch etwas Warmes zauberten bevor sie gingen." Ich glaube sie wären gerne geblieben, denn an keinem Ort konnte man sich im Moment wohl sicherer fühlen. Mit ein paar Reißzwecken spannten wir ein Geschirrtuch über das Glasfeld der Eingangstür. Nat ging mit Jonah noch mal ins Freie, nach langem Hin- und Her durfte Carol sie begleiten. Vince blieb bei mir. Wir brachten einen der Tische in den Flur, zu mir an den Empfang, wir fanden es unpassend auf einem Tatort gute Laune zu verbreiten. Ich setzte mich inzwischen ans Telefon, einen Notizblock in Reichweite und auch Vince positionierte seine Utensilien, wir waren vorbereitet. Das Telefon hatte eine Mithörfunktion, ich war ganz froh darüber, denn Vince hatte nach dem Abendessen einen ziemlichen Mundgeruch. Nat und Carol blieben ziemlich lange weg. Vince blickte immer wieder nervös auf die Uhr.

„Eine halbe Stunde war ausgemacht, höchstens. Jetzt sind es 45 Minuten, Nathalie ist da immer sehr genau. Aber ich kann dich jetzt auch nicht alleine lassen, ich warte noch 10 Minuten, dann geb ich Leo Bescheid."

Er brauchte den Satz gar nicht zu Ende sprechen, da klopfte es und die drei standen vor der Tür. „Wo bleibt ihr denn?" „Hallo Schatz (küss mich), ach der Hund war heute völlig aus dem Häuschen." Sie deutete schnell die Tür zu schließen und abzusperren. „Lasst uns kurz nach oben gehen. Schnell." Wir eilten nach oben von Carols Zimmer aus hatte man einen guten Blick auf die Straße. „Carol, du hattest das Gefühl, dass wir verfolgt werden. Zuerst dachte ich, du bildest es dir ein, aber dann schlug auch Jonah an, wir versuchten ein unauffälliges Schauspiel aufzuführen, taten so, als würden wir es nicht bemerken, was den Verfolger unvorsichtig werden ließ. Für einen Moment hatten wir ihn gesehen, er war nicht ziemlich groß und irgendwas war seltsam an ihm…" „Ja, keine Ahnung was…aber ich hab mir fast in die Hosen gemacht…" „Geht's wieder, oder…" „Alles gut, aber ich geh trotzdem schnell auf Toilette…darf Jonah mit?" „Frag ihn…er wird sicher nicht nein sagen…" Carol ging voraus und Jonah tapste hinterher, er wusste genau, dass er wieder eine Kleinigkeit ernten würde. „Alles gut bei dir Nat?" „Das hat mir schon auch einen Schrecken versetzt, diese Dreistigkeit, oder die Leute hier sind so seltsam, das weiß ich ja nicht, aber auch Jonah schlug an, er hatte noch eine Spur gewittert, die führte hinauf zum Anwesen, wir machten vor der Brücke wieder kehrt. Zum Glück waren wir nicht die Einzigen mit Hund, so fielen wir hoffentlich nicht sonderlich auf. Schau mal, dort hinter dem Lieferwagen, da steht jemand oder?" Vince lief schnell in sein Zimmer und kam mit einem

Fernglas zurück. „Du hast Recht dort steht jemand, ja jetzt ist es eindeutig, er hat sich eine Zigarette angezündet, siehst du den Rauch, also professionell ist anders." Der nahende Nachthimmel erschwerte langsam die Sicht, ich setzte mich mit Carol aufs Bett auch Nat kam zu uns, nur Vince starrte weiter auf den Qualm, der irgendwann verstummte. „Er ist weg.
Wie kann das…links und rechts vom Lieferwagen hat er sich nicht davon bewegt…vielleicht durch das Anwesen gegenüber…" „Vielleicht hat er dich bemerkt…?"
„Ganz bestimmt nicht…schau selbst." Nat blickte durch das Fernglas. „Viel zu dunkel für das Ding, hast du keines mit Nachtsichtfunktion? Aber scheint weg zu sein. Mist." Wir gingen hinunter und versuchten uns an einer Runde „Mensch ärgere dich nicht" doch niemand hatte wirklich Laune. Wir brachen ab, Nat und Carol gingen mit Jonah nach oben, ich blieb mit Vince unten am Empfang. Nachdem wir den Tisch zurück in den Speisesaal trugen, klingelte das Telefon. Mein Herz verdoppelte seine Schlagkraft und ich spürte wie mein Mund seine Feuchtigkeit verlor. „Ok. Lass es noch etwas läuten…3, 2, 1…und." Ich hob ab und Vince betätigte den Lautsprecher. „Kristin? Hier ist Bone, alles in Ordnung bei euch? Eagle bat mich, mal durchzuläuten, er sorgt sich. Er hat heute Nachmittag schlecht geträumt, das passiert selten. Hallo? Ah, jetzt. Muss ich mir keine Sorgen machen. Gut, dann geb ich das Eagle so weiter. Passt auf euch auf. Ich bleib am Telefon, falls ihr Hilfe braucht. Gerne. Gute Nacht." „Eagle?" Ich erzählte Vince, Geschichte um Geschichte, irgendwann löste Nat

ihn ab und er ging zu Bett. „Ob wir wirklich ein Pärchen sind? Wegen dem Kuss? Nein, das hätte er gerne.
Der Kuss war auch eher ein Opfer, seinen Mundgeruch hast du sicher auch schon bemerkt, aber was tut man nicht alles…aber das bleibt unter uns, ja?" Nat erzählte viel aus ihrer Kindheit und ihrem Wunsch Polizistin zu werden, irgendwann begannen die Vögel zu singen.
Es war eine Nacht der Worte, nachdem die Letzte eine der Tränen war. Ich spürte kaum Müdigkeit, mein Körper stand unter Adrenalin, jederzeit konnte das Telefon wieder läuten. T-Bone hatte die Anrufe des Tages vermerkt, überwiegend neugierige Medien, aber auch ein paar Buchungen von jenen, die das mit Kirk nicht mitbekamen, sie waren auch von Weither mit Vorwahl-nummern, die ich noch nie gesehen hatte. Die Stille der Medien wunderte mich. Keine Kamerateams, keine Reporter, als schien diese Tragödie nicht nach draußen zu dringen. Gegen 7 stand Vince verschlafen mit Jonah an der Treppe. „Gassi?" „Noch vor dem Frühstück?" „Jonah muss jetzt…so viele Streicheleinheiten und heimliche Belohnungen, ist der alte Kerl nicht mehr gewöhnt." Die beiden zogen sich an und gingen nach draußen. In einer Stunde würde die Küche kommen. Jetzt merkte ich wie die Müdigkeit auf mich drückte, mir die Sinne durcheinanderrüttelte.
Das Gesehene bewegte sich langsamer als das Gedachte, als spielte ein Film zeitversetzt zum darauf liegenden Ton. Dann klopfte es an der Tür. Ich wunderte mich über die schnelle Runde, aber meine Sinne entrissen mich der Zeit, vielleicht hatte ich auch einige Minuten geschlafen,

ohne es zu bemerken.
Ich hob das gespannte Geschirrtuch an. Yasmeen!

Bis du Rückkehr bist,
lehrst du mich vermissen,
ein Brief mit eisernen Flügeln,
die über Laub steigen,
jeder Sturm wird Brücke,
keinen Schatten sah ich je irren,
Löwen, die schleichen,
Stille, die Himmel ist,
Kuss und Wort,
deine Lippen.

Wölfe ziehen neben mir,
Wälder dort, wo ich dich suche,
Pferde blicken auf die Seite,
wenn ich sie streichle,
starren, wenn ich vor ihnen stehe,
dann bin ich in ihnen,
dann sind sie in mir,
offene Gräber, offene Kehlen,
wenn wir sie nicht mit Vergessen bedecken,
auf deiner Klinge schläft ein Blitz.

Kapitel 1 – Wölfe ziehen neben mir

Man fragte mich einst, ich wusste es war eine
Fangfrage, wer mein liebster Kollege sei.
Ich antwortete: mein Notizblock. Er hat stets ein
Stichwort parat, vergisst nicht und schweigt auf langen
Fahrten. Und je länger ich bei der Polizei bin, scheint
sich die einst nicht ganz ernst gemeinte Antwort,
zu bewahrheiten. Dem Office ist nicht mehr zu trauen,
zu oft wird die Hand auf und die Augen geschlossen
gehalten. Vince und Nathalie hab ich ausgebildet und sie
gingen zum Glück in eine größere Stadt, mit einem anderen Richter, mit anderen Aufgaben, das hält die Hände
am Revolver und den Verstand einigermaßen gesund,
wenn man weiß auf welcher Seite man kämpft.
Manchmal blicke ich auf meine Hände, sehe wie sie
altern, schneller altern und weiß für wie viele Leben sie
verantwortlich sind, noch mehr, für wie viele Tote sie
verantwortlich waren und ich hoffe bei Gott, dass zu

Letzteren niemand mehr hinzukommt.

Mein Beifahrersitz ist mein Büro, ich nehme die Arbeit nicht mehr mit nach Hause, sie hat mich meine Familie gekostet. Wenn sie eines Tages vor der Tür steht, ganz überraschend, wird sie sehen, ich habe mich geändert. Ich bin vorbereitet.

Vince rief mich an, sie hätten eine verdächtige Person hinter einem Lieferwagen gesehen, die plötzlich verschwand. Spukgeschichten gibt es viele in der Stadt, jeder hat schon mal irgendwen, irgendwo verschwinden sehen, vielleicht ist es doch ein Fluch der in dieser Stadt seine Runden zieht und die Menschen langsam verrückt werden lässt. Die Selbstmordrate ist hoch ebenso die Rate derer, die dem Alkohol und anderen Drogen verfallen sind. Wir sind ein Durchgangsstädtchen, Prostitution, Hehlerei, Diebstahl sind an der Tagesordnung, auf dem Parkplatz vor dem Office steht ein zweites Auto, das vor Zetteln überquillt. Mein Glück ist, dass im Moment niemand auf mich wartet, mein Job endet, wenn ich es bestimme, nicht weil ich irgendwo noch eine andere Verantwortung habe. Im Moment finde ich kaum Schlaf, versuche Puzzlestück um Puzzlestück zusammenzufügen, ein kleines Bild ist schon zu erkennen, ihm fehlt noch sein Kontext, dann erst kann ich es aussprechen und handeln, vorher und ja da bin ich abergläubisch, bringt es Unglück.

Vince und Nat verhalten sich unauffällig, empfangen mich im Haus und ich bin überrascht über den zurückgekehrten Gast, der doch so einiges durcheinander wirft. „Ja, die Rückkehr kam schneller als gedacht, aber das mit Kirk, ich meine, da kann ich doch nicht Zuhause sitzen und Däumchen drehen und irgendwie hat das Ganze ja auch etwas mit mir zu tun. Vielleicht kann ich doch noch irgendwie behilflich sein." Ich sah wie Kristin Yasmeens Hand drückte, nur halb verborgen, hinter Nat, die sich in dem Moment zu Jonah hinunterbeugte. „Der Lieferwagen steht noch da, dann kannst du es dir selbst anschauen, vorhin beim Spaziergang schlug Jonah dort aber nicht an. Den Zigarettenstummel hab ich aber gefunden und gesichert." Sie hielt mir ein Tütchen mit der Kippe vor die Nase, das ich in meine Jackentasche steckte. Ich ging zum Lieferwagen, dahinter lag ein Vorgärtchen und eines dieser typischen Reihenhäuser, noch nicht ganz so spiegelgleich wie jene am Ende der Straße. Ich klingelte und ein älterer Herr öffnete. „Sheriff Thornton, was verschafft mir die Ehre?" Natürlich kannte ich die meisten Einwohner, so auch Carl, der hier schon seit seiner Kindheit wohnte, früher Besitzer eines kleinen Eisenwarenladens, der inzwischen von der großen Mall gefressen wurde, wie so viele kleine Läden. „Nein, mir ist niemand aufgefallen. Glaub mir, seit dem Krieg lieg ich wach und wenn ich doch einmal einschlafe, würde mich selbst der Furz eines Eichhörnchens wecken. Was sagst du? Aber der Lieferwagen, gehört nicht hier her, kannst ja mal prüfen, muss ich dir schon deine Arbeit erklären? War's das? Dann einen schönen Tag noch." Carl, hörte seit dem Krieg schlecht, sein linkes Ohr hat ein

Granatensplitter abgetrennt, er trug eine billige Prothese, die wahrscheinlich mehr Blicke mit ihrem Kaugummirosa auf diese Stelle zog, als würde nichts dort sein. Die Eichhörnchen müssten Hintern wie Flugzeugturbinen haben, damit er sie hörte. Also auf seine Aussage war nichts zu geben. Aber der Hinweis auf den Lieferwagen machte Sinn. Ein weißer Kastenwagen, wie ihn Handwerker nutzen, ohne Beschriftung, aber mit mächtig Rostfraß. Ich notierte die Nummernschilder. Am Rückspiegel baumelte ein vergilbter Wackelelvis und auf dem Armaturenbrett waren zerknüllte Zettel und Kassetten verteilt. Wohl auch ein kleines Büro. Ein Rumpeln im Inneren des Fahrzeuges. Ich klopfte an die Schiebetür, die sich sogleich öffnete. Nicht nur ein Mann mit struppigem Haar, der sich den Kopf hielt, das Hemd nur halb in die Hose gesteckt und einer Brille mit starken Gläsern, trat aus der Tür, sondern auch der unangenehme Geruch einer verlebten Nacht.

„Mein Kopf. Ja, ich fahr gleich. Ich hab schon damit gerechnet, dass einer der Nachbarn die Polizei ruft. Mein Ausweis…Moment der ist…da…Dylan Thomas, wie der Dichter. Ich bin freier Journalist. Bin da einer Sache auf der Spur, vielleicht kann ich sie da auch… Nicht? Info gegen Info? Nicht? Vielleicht hab ich ja was gesehen, was ihnen weiterhilft, hab ihr Gespräch ja eher unfreiwillig gehört. Gelauscht? Ich bitte sie, sie haben sich mir ja förmlich aufgedrängt. Der Kerl brüllte die Antworten ja wie ein Stadionsprecher. Wundert es sie nicht, dass hier kaum Medien sind? Mehr sag ich nicht. Wo kann ich hier quasi legal parken? So weit?

Schauen sie mich an, schau ich aus, als ob ich viele
Schritte gehen kann? Beim Museum? Dann wissen sie ja
jetzt wo sie mich finden können, falls Interesse
besteht. Meinen Namen müssen sie gar nicht notieren,
hier meine Karte." Eagle wird seine Freude haben,
aber dort gab es ein öffentliches Klo in dem er sich frisch
machen konnte und günstigen aber guten Kaffee.
Langsam rollte der Lieferwagen an mir vorbei und bog
nach dem Hotel rechts Richtung Museum ab, er nahm
meinen Ratschlag an.
„Und? Wir sahen es nur vom Fenster aus. Die Worte zu
dem Pantomimenspiel musst du uns jetzt reichen."
Ich erzählte Vince und Nat von meiner Begegnung mit
Mr. Thomas. Er könnte noch wichtig werden, denn seine
Beobachtung hatte durchaus Potential. „Sag ich doch,
hab ich's nicht gestern zu dir gesagt, Nat, dass mir die
Aufdringlichkeit der Medien fehlt, also nicht wirklich
fehlt, eine Woche zuvor, konnten sie gar nicht genug
von dem Ort bekommen?" „Das stimmt, Kristin,
machte dieselbe Beobachtung. Kaum Medienpräsenz."
Es gab nur einen der davon profitierte, good news –
good press, bad news – no press. „Der Löwe."
„Du solltest bei uns anfangen Kristin.
Das meine ich ganz im Ernst."

Wölfe ziehen neben mir,
lernten meine Schritte,
bemerkte manchmal ihren Schatten,
weiß nicht, ob sie Engel,
weiß nicht, ob es des Löwen zweite Gestalt.

Kapitel 2 – Wälder dort, wo ich dich suche

Eigentlich war der Grund meines Kommens ein anderer,
es hätte nicht Vinces Anruf benötigt.
Die Gerichtsmedizin benötigte zur Bestätigung von
Kirks Identität die Aussage eines Verwandten.
Die Stimmung in der Runde veränderte sich merklich.
Es war selbstverständlich, dass dies Kristin übernehmen
würde und ich war froh, dass Yasmeen angereist war,
sie war die Stütze die sie benötigte. Auch Carol wollte
Stärke beweisen und geriet darüber mit ihrer Schwester
in Streit. Nat nahm sie zur Seite. „Du wirst einen
besseren Zeitpunkt bekommen um dich von Kirk
verabschieden zu können. Glaub mir,
die Gerichtsmedizin ist kein Ort für schöne
Erinnerungen. Lass uns mit Jonah Spazierengehen und
schauen was er gewittert hat, da kann ich deine Hilfe
gebrauchen, stimmt doch Vince?" „Absolut. Ich bleibe
hier. Sollen wir T-Bone noch mal herbitten, oder kann
das Telefon auch einer aus der Küche übernehmen?"
„Woo schafft das und das nicht zum ersten Mal, ich sag
ihm schnell Bescheid." „Sehr gut, dann bleib ich bei ihm,
bzw. setz mich jetzt endlich an den Frühstückstisch,
habt ihr keinen Hunger? Nur die Küche und ich,
es gibt schlechtere Kombinationen."
Kristin und Yasmeen saßen hinten. Mein Schreibtisch
verbot mir einen Nebenmann. Ich sah sie im
Rückspiegel, Händchenhaltend, nicht so wie Freunde es
tun. Für mich noch immer ein eher befremdliches Bild,
aber so sind die Zeiten. Als sie meinen Blick bemerkten,

ließen sie schnell voneinander, es war mir unangenehm, denn ich fühlte mich ertappt bei etwas, was ich nicht sehen sollte und doch da war. So schuf man Geheimnisse, oft solche, die ungesund wurden und ich fühlte mich mitschuldig.

Das kalte Licht der Gerichtsmedizin, ließ alle Gesichter blass erscheinen, wir alle sahen aus wie die Toten, die in Schubladen auf ihre letzte Ruhe warteten. In einer war auch Kirk. Die Ärztin nahm uns schon ungeduldig in Empfang, als sie bemerkte, dass ich noch fast zwei Teenager im Schlepptau hatte, wurde sie freundlicher.

„Du musst das nicht Yasmeen, bitte…" „Doch…"

„Dann bitte, dreh dich um und schau nicht hin, es genügt, wenn ich das Bild mit in mein Grab nehme."

Ich ging mit hinein. Kristin griff Yasmeens Hand.

Die Ärztin öffnete eines der Fächer, das in Hüfthöhe war und zog die Bahre mit dem bedeckten Leichnam hervor. „Bereit?" Kristin nickte. Sie hob das Tuch an und gab Kirks Kopf frei, nicht seinen Hals. „Er sieht aus, als ob er schläft. Ganz friedlich." Jetzt drehte sich auch Yasmeen um, für einen Augenblick gab Kristin Yasmeens Hand frei um sie im nächsten Augenblick nach der kurzen Drehung wieder zu ergreifen. „Ja, das ist Kirk. Mein Bruder." Dann küsste sie, seine Stirn. Die Ärztin machte sich Notizen und fragte nach ein paar Minuten, ob sie ihn wieder bedecken dürfe. Kristin nickte.

Ich bedankte mich, unterschrieb noch einen Zettel, den sie mir für Kristin mitgab und dann merkte ich wie Kristin kurz vor der Tür zu schwanken begann. Ich war leider nicht schnell genug. Yasmeen bemerkte wie alle

Energie aus ihrer Hand wich und für einen Moment aus
Kristins Körper strömte, vielleicht war sie in dem
Moment ihrem Bruder ganz nah. Yasmeen bekam sie
noch vor dem Aufprall zu fassen. Die Ärztin brachte ein
Glas Wasser, ich hielt ihre Beine nach oben und
Yasmeen faltete ihre Jacke zu einem Kopfkissen,
was sie unter Kristins Kopf schob. Es dauerte nur einen
Moment, dann war sie wieder eine von uns.
Geblendet von dem grellen Licht des Lebens,
das künstlicher nicht sein konnte.

„Kannst du bitte das Radio anmachen? Die Stille ist so
drückend." Da ich so gut wie nie Radio hörte, fiel mir
die Stille gar nicht auf. Es war irgendein Folkgedudel,
was mir da entgegensprang, ich wusste warum ich den
Radio zum Schweigen verklagte. „Unser Lied, Leo,
das ist unser Lied!" Ich nehme das Gedudel nur halb
zurück. Vielleicht wird es angenehmer wenn man den
Künstler kennt. Meine Musik, wartet Zuhause auf dem
Plattenspieler, Coltrane, Davis, Getz, wahrscheinlich ist
es für alle anderen auch Gedudel und würden es auch
am liebsten verstummt sehen. Ich blickte nicht in den
Rückspiegel, wollte den beiden ihren Moment lassen,
der mehr war als bloße Schwärmerei.

Wälder dort, wo ich dich suche
und manchmal auch ein Sturm,
doch wie viel Stille willst du mir lassen,
wenn ich bei dir bin?

„Er hat angerufen. Er hat das Haus wohl nicht beobachtet. Sonst hätte er bemerkt, dass du mit Kristin und Yasmeen weg bist und Nat mit Carol und Jonah unterwegs waren. Nein er hat nichts gesagt. Woo, fragte wie er helfen könne…keine Antwort, dann legte er auf."

„Wir hatten etwas mehr Glück. Wir gingen am Museum vorbei, dann den Bach entlang, der in den Wald führte. Dort wo ihr die Farbproben entnommen habt. Gibt's da schon ein Ergebnis? Noch nicht? Ok. Die Farbe war noch zu sehen, Jonah war ganz aufgeregt, er zog uns quasi den Hügel hinauf, bis wir unter der Brücke standen, von dort wollte er zur Villa. Die beiden Bodyguards, schickten uns postwendend zurück. Wir stellten uns natürlich unwissend, sagten, er hätte wohl ein Kaninchen gewittert und machten uns auf den Rückweg. Also wenn es etwas zu finden gibt, dann dort. Jonah zog auch noch Richtung Wald, den würde ich heute Nach-mittag ins Visier nehmen, dann mit dir Vince. Wälder sind nicht so meins. Vielleicht könntest du, Leo, bei den beiden bleiben, oder du kommst mit mir. Ok, dann über-nehmen wir das, tja sorry Vince, dann muss ich dich leider bei den drei entzückenden Damen lassen, eigentlich müsste ich jetzt ein wenig eifersüchtig sein, aber nur ein klein bisschen. Nur, wie können wir es begründen? Ich allein mit Jonah und einem Polizeibeamten im Wald?"

Begründungen gab es viele, sie mussten nur glaubwürdig sein. Nach dem Mittagessen gingen wir Richtung Museum, dort winkte mir Eagle, der gerade

mit T-Bone ein paar Besucher über das Reservat führte.
„Hallo Sheriff, wie geht es den Mädchen? Wartet mal,
Bone du hattest doch noch was, ja geh mal holen.
Die Stadt verliert ihre Fassade, ich möchte ausrufen
endlich. Vielleicht ist das der Grund warum ich noch
hier bin. Nein, es ist kein strafender Gott, es ist ein
gerechter Gott und er hat Zeit, etwas, was wir nicht
haben. Genugtuung erleben die Wenigsten, vielleicht
macht gerade dieser Umstand es vielen so schwer,
zu glauben. Ich sah schon viele Beweise für seine Gnade,
aber eben so viele um zu zweifeln, am Ende muss ich
mich entscheiden. Da bist du ja." „Ja Kristin gab mir den
Auftrag, das wären die versprochenen Leckerlis, klar
auch auf dem Rückweg, wir sind hier. Ja, Kleiner, musst
dich noch etwas gedulden." „Ja auch du…wie heißt er?
Jonah. Ein guter Name, gefällt er dir? Wo wollt ihr hin?
Gebt Acht, im Moment stehen die Tore offen, stoßt euch
nicht und geht nicht versehentlich hinein, wenn ihr den
Rückweg nicht kennt."
Ich ließ mir trotzdem ein paar dieser braunen Kringel
geben und schob sie in meine Jackentasche.
Jonah wedelte aufgeregt mit seinem Schwanz.
„Viel Glück, was auch immer ihr sucht."

Kapitel 3 - Pferde blicken auf die Seite

Eagle sprach oft in Rätseln, niemand konnte genau sagen, ob er Recht hatte, denn es konnte Alles und Nichts bedeuten, der Begriff Eaglesk geistert seit Jahren durch den städtischen Wortschatz. Aber wer wagte ihm schon zu widersprechen, er war mit dem Land verwurzelt, wir waren lediglich mitgebrachte Fichten, unser Wurzelwerk schreckt irgendwann vor der Tiefe zurück. Er ist ein alter, einheimischer Baum, seine Wurzeln reichen tief bis an die Quelle. Jonah wurde zunehmend nervöser, zog stärker Richtung Wald, wir folgten. „Gestern und heute Vormittag war es auch so. Er hat definitiv etwas gewittert." Jonah führte uns am Bach vorbei, den Weg hinauf würden wir erstmal meiden, direkt in den Wald, wo der Bach wieder zum Vorschein kam. Plötzlich fing er an im Zickzack zu laufen, als hätte er die Spur eines Hasen gewittert. Wir zeichneten seine Haken nach, der Wald wurde dichter, was nicht gesehen werden sollte verschwand nun unter Schatten. „Hast du deine Taschenlampe dabei?" Sie gehörte zum Besteck eines jeden Polizisten, ich ärgerte mich fast ein wenig über diese Frage. „Siehst du auch, was ich sehe?" Am hinteren Ende des Waldes, schien etwas Leuchtendes, oder Weißgekleidetes auf- und abzugehen. Ich rief es solle stehen bleiben. In dem Moment verhielt es sich wie ein angeschlagener Ping Pong Ball und schnellte von Baum zu Baum bis es verschwand. Jonah lief kläffend in die Richtung, doch je näher wir kamen, desto mehr begann er zu

winseln und zog den Schwanz ein, bis er sich vor uns
setzte und ansah und sich hinlegte. „Das hab ich ja noch
nie erlebt. Alles gut bei dir, alter Junge? Brauchst keine
Angst zu haben, wir sind ja bei dir. Leo, Leckerli bitte."
Jonah schnupperte an dem Kringel, es wirkte fast so,
als wolle er mir einen Gefallen tun, nahm ihn eher lust-
los zu sich und knabberte ihn in zwei Zügen zurück in
die Stille. Aber es bewirkte, dass er sich erhob und seine
Spur wieder aufnahm, diese führte jetzt wieder zurück,
dorthin woher wir kamen und dort wo sich die
Dunkelheit zum ersten Mal um uns schloss und dort
stand nun ein schwarzes Tipi. Ich zog meine Waffe und
richtete den Lichtkegel meiner Taschenlampe auf das
Zelt. Es mag verrückt klingen, Nat bestätigte es später,
ich lief wohl 3, 4x um das Zelt, ehe ich den Eingang fand.
Nat und Jonah mussten dies ebenso, ich war aus ihrem
Blickwinkel verschwunden. Sie standen dann hinter mir.
„Das ist verrückt, wirklich, wären wir nicht zu zweit
und könnten uns einander bestätigen, ich würde an man
meinem Verstand zweifeln. Ja, hier ist der Eingang."
Der Eingang des Tipis war zugeknöpft.
Kleine Knochenstücke hielten die Schlaufen. Es waren
keine menschlichen Knochen. Hühner- oder Kaninchen-
knochen vielleicht. Ich klopfte auf den schwarzen Stoff,
bat uns zu öffnen. Doch keine Antwort. Jonah saß ruhig
neben uns. Ich löste Schlaufe um Schlaufe, bat Nat sich
auf die Seite zu stellen und es aufzuziehen, während ich
Lampe und Revolver auf das zu Erwartende richtete.
Ich nickte ihr zu und sie zog es ruckartig auf.
Der Lichtkegel blickte auf schwarze Innenwände und

auf denselben Boden auf dem wir standen. Jetzt schlug Jonah wieder an, sprang auf, lief ins Zelt und begann zu graben. Es dauerte nicht lange, bis er bellte. Er war auf etwas gestoßen. Nat zog ihn zu sich und die Kringel die er vorhin eher widerwillig zu sich nahm, verzerrte er mit hochgestellten Ohren nun genüsslich. In dem ausgehobenen Loch lag ein altes Klappmesser, zum Glück geschlossen, sonst hätte sich Jonah womöglich geschnitten. Ich zog meine Handschuhe an und klappte es auf, es waren Blutspuren daran. Ich tat es in einen Plastikbeutel, war froh, dass es nichts Größeres war, denn so brachte ich es noch in meiner Jackentasche unter. Ich tätschelte Jonahs Kopf der mich zufrieden anlächelte. Im Zelt war sonst nichts zu finden. Es roch darin wie in einer feuchten Höhle. Als wir den Rückweg einschlagen wollten, der Eingang des Waldes war zu sehen, zog Jonah noch mal zurück und wir liefen erneut 3 oder 4x ums Zelt ehe er uns dorthin zurück zog, wo wir starteten. Es tat gut, das Licht zu sehen und die Wärme der Sonne zu spüren, die ihre größte Hitze gerade bei sich trug. Wie versprochen, gingen wir bei Eagle vorbei um den kleinen Sack Leckerlis mitzunehmen. „Seid ihr fündig geworden? Ein schwarzes Tipi? Wie ich sehe habt ihr den Rückweg wieder gefunden, ihr hattet ja einen erfahrenen Begleiter bei euch…" Er beugte sich zu Jonah nieder, wir hörten Eagles Knie knacken, als trete man auf trockenes Geäst und er flüsterte etwas in Jonahs Ohr und streichelte in langen Zügen über seinen Körper, daraufhin drehte er sich auf seinen Rücken, dann richtete sich Eagle wieder

auf, T-Bone reichte ihm die Hand, welche er ausschlug.
„Ich bin doch kein alter Mann, geht schon." Und auch
Jonah sprang wieder auf und ging zurück an Nathalies
Seite. Ohne ein Wort zu sagen drehte sich Eagle um und
ging zurück in seine Hütte. „Entschuldigt ihn, Leo du
kennst ihn. Launisch wie ein Teenager.
Nichts zu danken…, lass es dir schmecken Jonah,
bist ein feiner Kerl!"

„Er rief wieder an!" Die Mädchen waren ganz aufgeregt.
Vince schien sichtlich überfordert mit so viel Girlpower.
„Da seid ihr ja endlich. Bitte nehmt mich das nächste
Mal mit, ja? Ja, er rief an. Kristin war am Apparat,
es waren mindestens 5 Minuten, eine gefühlte Ewigkeit
und dann, du wirst es nicht glauben, erklang das Lied
der Mädchen, dann legte er auf. Der Beweis, dass er die
Scheibe gestohlen hat und dass der Anrufer auch der
Mörder ist." Auch wenn dies schlüssig klang, ich pfiff
Vince noch einmal zurück, es bestätigte lediglich, dass
er der Dieb war, nicht der Mörder und selbst den Dieb
könnte man anzweifeln, vielleicht hatte er das Lied vom
Radio aufgenommen. Aber es war eine Botschaft und
der Anrufer hatte Spaß daran, sein Spiel weiter
zu treiben.

Gerade als ich vom Hof fuhr, bekam ich per Funk die
Meldung, dass ich zwei dringende, persönliche
Anrufe bekommen hatte und ins Office kommen sollte.
Ich brachte zuvor noch das Messer ins Labor. Ich war
froh, dass die Gerichtsmedizinerin heute Vormittag das

Tuch nicht über Kirks Hals zog. Denn der Mörder hatte diesen fast ganz durchtrennt und den Körper mit zig Schnitten übersät. Eine unglaubliche Wut hatte sich zum Tatzeitpunkt freigesetzt. Die Mädchen sahen das Blut unter Kirks Leichnam am Tag der Tat, dass ließ sie vielleicht erahnen was mit ihm geschah, aber die Wirklichkeit war grausamer und je länger sie davon verschont blieben, um so besser. Ich hoffe zur Beerdigung wird man ihn mit Anzug und Krawatte bekleiden, so, dass es die Narbe verdeckt. Ich werde mit Kristin morgen zum Bestattungsinstitut fahren und mich mit dem Pastor besprechen. Die Mädchen haben ja niemanden. Ich verstehe die Eltern bis heute nicht. Ich bin mit ihnen zur Schule gegangen und plötzlich wurden sie zunehmend eigenartiger.

„Ah Leo…ja steig erstmal aus. Hast ein paar Anrufe bekommen. Der Zettel liegt auf dem Schreibtisch und ein Päckchen ist auch für dich gekommen. Hab mich nicht getraut es aufzumachen, steht „persönlich" darauf."

Pferde blicken auf die Seite,
heute hab ich keine gesehen,
ich weiß sie stehen mir gegenüber,
wenn ich auf ihre Weide gehe,
wählten mich als Fremden
und lassen mich doch ein,
Pferde blicken auf die Seite,
morgen werde ich ihr Gegenüber sein.

Kapitel 4 - Wenn ich sie streichle

Es waren mehr als zwei Anrufe, ich rief mich durch die
krakelige Notiz meines Kollegen, dessen 2 und 7 sich so
sehr ähnelten, dass ich mich 3x verwählte.
Man bestätigte mir die Lieferung der Fangschaltung,
ich gab ihnen die Adresse und bat darum es wie die
Lieferung eines Kühlschranks aussehen zu lassen,
sie wussten um die besondere Geheimhaltung des Falls,
deshalb war dieser Anruf auf der Notiz auch mit der
Klammer (Lieferung Elektrogerät) versehen,
keiner meiner Kollegen war eingeweiht, sie bewegten
sich zu tief im Schatten und schluckten den Köder.
Der andere Anruf war kein Geheimnis, es war der
Rückruf von Kirks Eltern, meine Kollegen konnten die
Nummer und den Wohnort ausfindig machen. Der Rest
waren Alltäglichkeiten, die Ablage dafür quoll über,
keiner der Anrufer meldete sich ein weiteres Mal,
vieles erledigte sich von selbst, den Mut sie ganz ins
Vergessen zu kippen, hatte ich jedoch nicht.
Das Päckchen das vor mir lag, war ein gepolsterter A4
Umschlag, der wohl schon mehrmals Verwendung fand.
Keine Briefmarken, kein Absender, dieser Ausgangs-
punkt machte mich stets vorsichtig. Ich zog meine Hand-
schuhe an und öffnete den Umschlag mit einer Schere an
der Bodenseite, nicht an der mit Klebeband umwickelten
Oberseite. Ich zog ein Buch hervor, besser gesagt,
nur den Pappumschlag eines Buches, der in weißem
Leinen gebunden war. Der Inhalt fehlte. Der Titel:
„Die Zärtlichkeit der Dinge", zwischen den Flügeln

ohne Körper lag ein altes Foto von einer Frau und ihrer Tochter. Es war bestimmt um die 100 Jahre alt, die Gesichter wirkten wie versteinert, kein Lächeln und die Augen beider so schwarz, wie die Zöpfe des Mädchens. Das Mädchen hielt etwas in der Hand, ich konnte es nicht erkennen. Eigentlich wäre nun der Zeitpunkt für den Feierabend, ohne Feier, ohne Abend, es war schon Nacht, doch ich wollte Kirks Eltern nicht warten lassen. Ich wählte die Nummer mit der seltsamen Vorwahl, sofort hob jemand ab. „Ist das ihr Ernst uns so lange warten zu lassen? Ihr Kollege meinte er könne nichts sagen, also bitte, dann tun sie es, was ist passiert? Sonst würden sie uns ja nicht kontaktieren. Ja Kirk ist unser Sohn…" Es herrschte Stille, dann wurde die Verbindung unterbrochen. 10 Minuten später bekam ich einen Rückruf von seiner Mutter. „Wie…ich meine… hatte er einen Unfall, war er krank? Nein mein Mann ist nicht da, hab ihn schon seit Wochen nicht mehr gesehen. Wie geht es den Mädchen? Nein, darauf antworte ich nicht! Es geht sie nichts an, niemanden! Es hatte seine Gründe, ja? Es hatte seine Gründe…Natürlich komm ich, mein Mann auch, wenn ich ihn erreiche, wann ist sie denn? Dann geben sie mir bitte Bescheid, wenn sie einen genauen Termin wissen, früher kann ich nicht, das schafft Kristin schon, die ist jetzt eine erwachsene Frau. Die Kosten der Beerdigung, ja, die übernehmen wir, irgendwie, entschuldigen sie, war's das? Ich möchte jetzt gerne alleine sein, geht das? Kann das irgendjemand verstehen?!" Sie legte auf und ich war irgendwie froh, dass sie es tat, aber nicht, wie sie es tat.

Es ist unsere Pflicht, die Eltern zu informieren, aber in diesem Fall, wusste ich nicht, ob es die richtige Entscheidung war. Ich hab keine Ahnung was dort vorgefallen war. Welche Geister durch die Leben spuken, manchmal wäre es gut, die Dinge so zu belassen wie sie sind, weil sie sich selbst so geordnet hatten.

Jetzt würden wieder alte Stürme durch neue Räume wandern, Türen schlagen, Zettel und Seelen verwirbeln und das Neue unbewohnbar machen, zumindest für eine Zeit. Ich knipste die Schreibtischlampe aus, schnappte den Umschlag mit dem Foto und fuhr nach Hause.

Die Katze schnurrt,
wenn ich sie streichle,
auch wenn sie mich nicht kennt,
werden Verbündete für einen Augenblick,
bis ein Geräusch uns voneinander trennt,
uns wieder in die Fremde zwingt,
die wir mit Nähe aufgegeben.

Ich hatte das Bedürfnis bei Stacy anzurufen. Sie kannte Kirk aus der Highschool, waren wohl auch befreundet, so genau weiß man das in dem Alter nicht, vor allem als Eltern. Den Vorwurf, ihr nichts von Kirks Tod gesagt zu haben, wollte ich vermeiden, auch wenn sie sich immer gestört von meinen Anrufen fühlte. Morgen, heute nicht mehr. Ich legte mich aufs Sofa, legte „Blue Train" auf und nahm eine Lupe, um das Foto noch mal aus der Nähe zu betrachten.

Die Nähe drängte mich in einen Wald.

Ich saß inmitten dieses schwarzen Zeltes, ein kleiner Punkt, dort wo sich die Stäbe kreuzten, ließ mir den Himmel, ein kleiner hellblauer Punkt, der sich auf dem staubigen Waldboden widerspiegelte. Ich spürte, dass jemand mit mir in dem Zelt saß, irgendwann blickte ich in das Weiß zweier Augen, die einen Mund öffneten, welcher weiße Zähne entblößte, keine menschlichen, das Gebiss eines Raubtieres, eines Hundes oder Wolfes vielleicht. „Mörder, Mörder, Mörder, Mörder…" sprach er mit verstellter Stimme, als wolle er ein Kind imitieren, dann öffnete sich die Wand des Tipis und Jonah kam hinein, schnüffelte an meiner Hand und grub ein Loch, bis dort etwas schimmerte, eine Hand von Außen griff hinein und wollte es zu sich ziehen, den silberne Hörer eines Telefons, sie zog und zog, eine lange, gekringelte Schnur folgte, ich hörte die Schritte von demjenigen, der daran zog und er lief ums Zelt 3, 4x und wickelte die Schnur um das Tipi, bis sie sich im Inneren löste, am unteren Ende hing Kirks Kopf. Ich erwachte.

Kapitel 5 – Starren, wenn ich vor ihnen stehe

Meinen Wecker hatte ich überhört.
Irgendwann schleppte ich mich ins Bett, so wie sich mein
Mund anfühlt, ohne die Zähne geputzt zu haben.
Die Vögel hatten schon lange ihr Lied gesungen,
ich hatte es verpasst. Es liefen noch die 9 Uhr
Nachrichten, die Welt steht noch, ich war beruhigt,
aber es hätte mich auch nicht überrascht, wenn man über
Nacht den Notstand ausgerufen hätte. Apokalyptische
Reiter, Meteore, Aliens, Bomben, alles war möglich.
Wie jeden Morgen fuhr ich an die Tankstelle, bestellte
Kaffee, Sandwich und 2 Donuts, einen jetzt, den anderen
später, auf irgendeiner Fahrt, mein Handschuhfach roch
wie die Auslage bei einem Bäcker, ebenso viele Krümel
waren dort versammelt, ich würde mich nicht wundern,
wenn eines Tages ein Schwarm Tauben bei mir im Auto
sitzt und für Sauberkeit sorgt.
Als ich an die Tür klopfte, hörte ich schon den Hund.
Kristin öffnete, ihr Kopf rot, sie schäumte vor Wut.
„Meine Mutter hat angerufen. All die Jahre geht ihr
unser Leben am Arsch vorbei, kaum stirbt jemand,
spielt sie die Sorgende, die Trauernde. Sie kommt zur
Beerdigung, das ist ihr Recht, aber ich möchte sie hier
nicht sehen, ich erteile hiermit ganz offiziell
Hausverbot. In das andere Haus kann sie, aber nicht ins
Hotel. Hast du das notiert Leo? Hausverbot!"
Ich notierte es, um sie ein wenig runterzukühlen.
Dann instruierte ich Vince und Nat, dass die
Fangschaltung käme. Ein Kühlschrank, der Alte sei

defekt, ich bat Carol und die Küche, mitzuspielen. Irgendwie freuten sie sich auf das Schauspiel und es barg Hoffnung den Anrufer endlich ausfindig machen zu können. Vince rieb sich schon die Hände, er wurde auf dem Gerät ausgebildet, Nat würde mit Carol und Jonah spazieren gehen. Carol übernahm die Nachtschicht und brauchte frische Luft, der Anrufer hatte sich nicht gemeldet, aber das Adrenalin pumpte trotzdem durch ihre Adern. Die Möglichkeit ist so garstig, wie die Gewissheit. Ich fuhr mit Kristin und Yasmeen zum Bestatter, anschließend zum Pastor. „Klang sie erschrocken, als du ihr das mit Kirk sagtest? Ich meine, so wie auch andere reagieren würden…" Ich erklärte ihr, dass jeder anders reagiert, da gibt es kein richtig, kein falsch, so etwas kann man nicht proben, man reagiert. Manche erschrecken im Nachhinein über ihre Reaktion, aber der Moment ist ehrlich, wahrscheinlich einer der Ehrlichsten die wir durchleben. „Ich kann mir nicht vorstellen, dass sie in ein paar Tagen hier auftaucht, so tut, als wären wir Familie, dann gemeinsam in einer Reihe sitzen, gehen, stehen, wenn man uns die Hände schüttelt…ich kann das nicht. Da kann ich auch Carol nichts vorspielen, sie hat auf das Schauspiel auch keine Lust. Hier duftet es nach Donuts?" Ich bot den beiden meinen Reservedonut an, den sie erst ablehnten, aber dann doch geschwisterlich, oder wie auch immer, teilten.

Der Bestatter führte uns wie ein Autoverkäufer durch einen Raum mit zig Erdmöbel. Modelle in jeder Preisklasse. Kristin wusste nicht, was sie ausgeben sollte.

Als ich ihr sagte, dass die Beerdigung ihre Eltern übernehmen würden, wählte sie den teuersten Sarg. Es war
auch der Schönste: weiß, glänzend, mit einem
zweigeteilten Deckel, auch die Innenausstattung wählte
sie die Bestmögliche. Der Bestatter, nickte, notierte und
grinste fast ein wenig zu süffisant. Ich gab ihm die
Adresse, an die er die Rechnung senden durfte.
Das Beisein eines Polizisten verbat ihm wohl jegliche
Fragen, nach nicht einmal einer halben Stunde machten
wir uns auf dem Weg zur Kirche. Der Pastor öffnete uns
mit einem Gesichtsausdruck als wäre es sein eigener
Sohn gewesen, der gerade verstarb. „Es tut, mir so,
so Leid liebe Kristin. Ist das deine Schwester? Auch dir
Carol, so, so, Leid. Kommt doch rein. Wollt ihr etwas
trinken? Es war ein Schock für die ganze Gemeinde.
Grauenhaft, einfach nur Grauenhaft, in so einem Alter
aus dem Leben gerissen zu werden. Ich habe selbst
3 Söhne, alleine die Vorstellung, einer…ich, die ganze
Stadt fühlt mit euch. Auch, wenn ihr kein aktiver Teil
dieser Gemeinde seid, so fühlt euch trotzdem als Teil
dessen und jeder, wirklich jeder, steht euch zur Seite.
Vielleicht nicht finanziell, aber doch emotional, ihr wisst
wie ich das meine. Nun, natürlich können wir ihn im
Grab deiner Groß- und Urgroßeltern begraben, wenn es
dein Wunsch ist, war es denn seiner? Ein Testament gibt
es nicht? Na wer denkt in jungen Jahren schon daran.
Oder wollt ihr ihn daneben begraben, der Platz wäre
auch noch frei, vielleicht auch mit der Option, dass es
dann euer Grab, also deiner Eltern und Euch wird."
Ich spürte wie es in Kristin jetzt brodelte.

„Meine Eltern…dürfen gerne zu meinen Vorfahren, ich denke Kirk würde gerne alleine liegen, vielleicht irgendwann mit uns, was meinst du Carol?" „Ich bin ganz deiner Meinung…" „Ich denke auch, dass ihr da ganz salomonisch und im Sinne eures Bruders entschieden habt. Die Beerdigung, sofern der Leich…, also Kirk freigegeben ist, würde ich auf den Samstagvormittag legen, da sind zwar schon zwei Termine, aber erst gegen Mittag. Gleich in der Früh um 9? Ja? Mit Gottesdienst, dauert das ganze ungefähr 1,5 Stunden, wenn ihr wollt könnt ihr auch eine Abschiedsrede halten und einen Lieblingssong von ihm abspielen, oder selbst etwas singen, aber schon etwas, dem Ort Angemessenes, dass muss man den jungen Leuten heute schon dazusagen. Gut, dann zeig ich euch noch das Grab und dann, wenn ihr noch fragen habt, ruft mich einfach an, oder kommt vorbei, also in den Öffnungszeiten. Dann gebe ich euch jetzt noch meinen Segen und wünsche euch alles Gute…ach ja, das Grab… bitte folgt mir und sagt, wollten eure Eltern nicht kommen, oder…verstehe, dann frag ich auch nicht weiter."
Yasmeen spielte das Spiel bis zum Ende mit, ich wollte mich da aber auch nicht einmischen und ließ den Mädchen ihren Spaß, den sie wohl in diesem Moment benötigten.

Inzwischen war auch die Fangschaltung angekommen, Vince war gerade dabei, sie zu installieren, als wir die Tür hereinkamen. „Carol, darf ich vorstellen, Carol.

Sie hat dich gut vertreten. Kann kaum das Gesicht des Pfarrers bei der Beerdigung erwarten. Oder Pastors oder Wasauchimmer, Hat er wieder angerufen?" „Zum Glück noch nicht, ich bin noch nicht so weit, gebt mir noch eine viertel Stunde, also nicht ihr, sondern hoffentlich er mir." In diesem Moment klingelte das Telefon.

„Scheiße Mann…Kristin, Carol…geht ihr mal ran…oder sollen wir es läuten lassen? Ok, dann einer von euch beiden…" Kristin hob ab. „Ja…der ist da…" Sie reichte mir den Hörer. Es war das Labor, das Messer stimmte mit den Stichverletzungen überein, es war also die Tatwaffe, gleichzeitig gab sie den Leichnam frei, Kirk konnte als am Samstag beerdigt werden. Ich würde dann dem Institut und dem Pastor Bescheid geben.

Nat und Carol beschmusten Jonah. „Gut gemacht, so ein Braver…" Da begann er zu knurren. Ein Auto fuhr rasch, fast zu rasch am Hotel vorbei. Ich eilte an die Tür, ich konnte nur noch seine blaue Farbe erhaschen. „Fertig." Kaum hatte Vince seine Freude kundgetan, klingelte erneut das Telefon. „Du musst nur abheben, um den Rest kümmere ich mich."

Starre, wenn ich vor dir stehe,
du wirst mich nicht erkennen,
…wirst ab jetzt leiser werden,
flüstere, wenn ich vor dir stehe,
ich werde dich hören,
auch die Worte, die du meidest.

Kapitel 6 - Dann bin ich in ihnen

„Ja?...Hallo T-Bone. Ja die Leckerlis sind angekommen. Jonah scheint sie zu mögen, wahrscheinlich mehr noch den Grund, der sie freisetzt. Sonst ist alles in Ordnung. Yasmeen. Ist auch hier, ich richte es ihr aus ja. Danke, bis später. Ihr habt es gehört, T-Bone, ach ja, Yasmeen, wenn du Lust hast, kannst du Eagle und ihn besuchen und fragt nach der Platte…" „Oh je, nein die hab ich nicht mit und ich bin noch gar nicht dazugekommen, sie anzuhören, gefühlt hab ich meinen Koffer gar nicht ausgeräumt…"

Das Telefon läutete erneut. „Vince, stellst du diesmal bitte auf laut, es war nichts zu hören, danke."

„Sorry…Kristin, bereit? Ok…jetzt." Kristin nickte, sie wusste, wann er am anderen Ende war und sagte nichts. Wir hörten ihn atmen. Er atmete wohl schneller als die letzten Male, gehetzter. Kristin rang damit, die Stille auszuhalten, sie nicht zu durchbrechen. Die Stille, die keine war, der Abstand erster Worte. Auch Carol hielt es nicht mehr auf ihrem Platz, Nat hielt sie am Handgelenk und deutete ihr zu schweigen.

Seine Atmung wurde ruhiger. Das Aufsetzen einer Nadel, ein Knistern, dann der Song der Mädchen. Er klang durch den Lautsprecher wie aus einem Grammophon, aus einer anderen Zeit. Vince hielt den Daumen nach oben, er hatte ihn, das Lied ließ er bis zum Ende spielen, bis zu der Stelle, als man einen Kuss hörte und das Wort „Geschenk". Dann legte er auf. Kristin schrie auf und warf etwas durch den Raum. Jonah bellte.

Yasmeen eilte zu ihr. „Geht schon. Ich kann diesen Song nicht mehr hören. Er hat ihn vergiftet, sein drittes Opfer, er weiß das, er genießt das." „Das lass ich nicht zu, es ist unser Song, den lassen wir uns nicht nehmen, niemand hat das Recht dazu…" „Er ist aus dieser Stadt, das steht fest. Leo, das ist seine Nummer. Wir haben ihn. Möchtest du?" Wir warteten noch ein paar Minuten, dann wählte ich die Nummer. „L.A. Records, Andy am Apparat, was kann ich für dich tun?" „Ich bring ihn um…." Kristin rannte aus der Tür, Jonah und Carol folgten. „Hallo?…" Ich überließ Vince den Hörer, der auflegte und jagte mit Nat den Mädchen hinterher. Zum Glück bekamen wir sie am Auto zu fassen, Kristin war zu zittrig, es zu öffnen. „Ganz ruhig. Das hat nichts zu bedeuten. Wir wissen lediglich, dass der Anruf von dort kam, glaubst du wirklich, dieser Andy ist so dumm und ruft dich aus der Arbeit an, es kann jederzeit Kundschaft kommen…" „Ich war mit ihm zusammen, ja, das werdet ihr ja jetzt herausfinden. Wahrscheinlich ist er eifersüchtig, er hasst Schwule und …" „Aber traust du ihm deswegen gleich einen Mord zu? War er der Gast, der die Harfe geklaut hat? Du hättest ihn doch auch mit angeklebtem Bart erkannt, das macht doch überhaupt keinen Sinn."
„Ja, du hast Recht, daran hatte ich gar nicht mehr gedacht, ja…natürlich, das war nicht Andy und auch nicht Lenny…aber warum führt die Nummer zu denen?" „Das werden wir herausfinden."
Ich hoffte, dass der Mörder diese Szene nicht beobachtete, denn dann wären wir alle aufgeflogen.

Die Mädchen gingen mit Nat zurück ins Hotel und ich fuhr zu dem Plattenladen.

„Sheriff Thornton, hat Andy sie gerufen? Der ist im Büro. Im Moment sind wieder Langfinger unterwegs. Dort an der Säule, standen bis vor ein paar Stunden noch die Beatles, mit dem Butcher Cover, die Betonung auf: stand. Der Idiot müsste doch bemerkt haben, dass es nur die Hülle war, die Platte ist natürlich im Tresor. Ohne Hülle ist die Platte aber auch nichts wert. Gestern waren es Kleinigkeiten, man merkt dass die Ferien wieder enden, die Kids kommen wieder, bringen keine Kohle, aber Ärger. Andy hat sie nicht angerufen? Andy? Andy kommst du mal…Ich schau mal, kleinen Moment…" Lenny kam wieder, kalkweiß noch ehe er Worte fand, übergab er sich auf die Theke. Ich rannte nach hinten. Andy lag mit dem Kopf auf dem Schreibtisch um seinen Hals war das Telefonkabel gewickelt. Neben ihm ein Plattenspieler, darauf die Single der Mädchen, die Nadel kratzte in der letzten Rille, versuchte ihr zu entkommen aber scheiterte, ihre Sprünge waren zu zaghaft.

Dann bin ich in ihnen
und wandere bis an Herz,
dort werde ich zu Gift.

Meine Kollegen waren diesmal schneller am Tatort. Der Laden lag am Highway, manche waren gerade in der Mall und behandelten Kleindelikte. Lenny zitterte, ich ging mit ihm in die Sonne. Ich war erstaunt, wie viel dieser dünne Körper erbrechen konnte. Irgendwann war er leer und ich war froh, dass wir im Freien waren und er nicht noch mehr Spuren vernichtete. „Da war dieser Typ, heute, ja ich glaube auch gestern schon, aber da war ich nicht da. Er sagte, er hat da diesen Song gehört… ob wir den nicht hätten. Natürlich hatten wird den. Wir haben ein paar mehr gepresst, das machen wir immer so und von den Masterband gibt es immer eine Kopie, also nicht offiziell, er wollte ihn seiner Freundin vorspielen, also ging er mit Andy ins Büro, gab uns auch was dafür, 20 Dollar, ich denk mir, okay, für das Geld kann er ihr auch das komplette „The Wall" Album vorspielen. Im Büro ist nichts Wichtiges, die wichtigen Dinge sind im Keller. Scheiße Andy, ey, wer macht sowas? Keine Ahnung, ich hab den vorher noch nie gesehen. Andy ist von hier, er meinte er kenne ihn, aber er konnte ihn nicht einordnen. Ich bin erst vor ein paar Jahren hier her gezogen, wir wollten doch groß durchstarten, hatten gerade ein Demo fertig und Auftritte gebucht…so eine Scheiße…"

Kapitel 7 - Dann sind sie in mir

„Das hat er nicht verdient…wer tut sowas,
wer verdammt, tut sowas. Das kann doch nicht sein,
erst Kirk, dann Andy…" Kristin war ihrer Tränen müde.
Yasmeen hielt sie und auch Carol. „Okay. Was haben wir.
Er scheint von hier zu sein. Andy kannte ihn,
Kirk kannte ihn und das war wohl auch der Grund,
warum sie zu seinen Opfern wurden. Sie wussten zuviel.
Ich denke er wird wieder anrufen. Leo?" Ich pflichtete
Vince bei. Er trieb nun ein Spiel mit uns. Nach seinen
Regeln, wir mussten sie zu unseren Regeln machen,
aber dafür mussten wir wissen, was das Ziel des Spiels
ist. Es gab eines, ein ganz Konkretes, wenn wir dies
wussten, dann konnten wir an ihm vorüberziehen,
jetzt trotteten wir hinter ihm her. Das Hotel wurde nun
zur Festung. Nat und Vince würden bleiben,
die Mädchen durften weiterhin das Hotel nur in
unserer Begleitung verlassen, zusätzlich würde ich
Personal anfordern die hier Streife fuhren.
Präsenz zeigen, seinen Wirkungskreis eindämmen,
bis sein Ziel transparent wird. „Wenn er wieder anruft,
wissen wir, dass es nicht aus dem Plattenladen ist,
das können wir nun ausschließen." „Er spielt mit uns
Vince, er wird mutiger, aber auch leichtsinniger,
er wird einen Fehler begehen, es ist nur eine Frage der
Zeit…" Die Zeit durften wir ihm nicht geben,
denn die Zeit füllt er mit Opfern.
Ich besuchte nochmal den Plattenladen, dieser war nun
von Medien umstellt. Ein Fernsehjournalist kam mit

Mikro auf mich zu, ich winkte ab, verwies auf unsere Pressestelle. Morgen gibt es ein Statement.

Die Spurensicherung war drinnen noch beschäftigt, ärgerten sich über das viele Erbrochene und die unzähligen Fingerabdrücke. Andy hatte man bereits abgeholt. Die Single lag noch auf dem Plattenteller, ich tütete sie ein und fuhr damit ins Labor. „Sieh mal Leo, das Foto. Ich hab's raufvergrößert, jetzt ist es zu erkennen…" Das Mädchen auf dem Foto hielt ein Messer in der Hand, kein Küchenmesser, keinen Dolch, kein Spielzeug… „Das ist schwer zu sagen, aber ja, es könnte das Messer sein, was ihr im Wald gefunden habt, also die Tatwaffe. Ich könnte meine Tochter bitten, die ist ungefähr im selben Alter, wie das Mädchen, dann könnten wir das Foto nachstellen, so eine alte Kamera haben wir sicher noch im Fundus.

Könnte allerdings ein paar Tage dauern, aber ich sage zu 60% könnte es sich um die Tatwaffe handeln, ja."

Es waren mir zu viele „Könnte".

Ich brauchte Gewissheit. „Klar kannst du mitnehmen, ich hab 2 Abzüge gemacht. Ich melde mich, wenn ich was Neues weiß…" Mit dem Foto fuhr ich zu Eagle.

„Was ist da oben bei euch los? Wieder ein Toter.

Bone hat's mir erzählt, einer der Wilson Jungs.

Ich kannte seinen Großvater. Sein Onkel ist der Pastor hier im Ort. Ein Foto? Zeig mal. Klar kenn ich die.

Sue-Ann und ihre Mutter. Wo hast du das her?

Das könnte aus dem Privatbesitz des Löwen sein, das sind seine Vorfahren. Das Messer, wo siehst du ein Messer? Bone? Hol mir mal meine Lupe, bitte.

Meine Vergangenheit ist voller Messer, dieses würde mich nicht wundern. Danke dir. Also, ja, es ist so ein Klappmesser. Mr. Landon hat einmal davon gesprochen, dass er Sue-Ann eines geschenkt hatte, aber ob es dieses ist…Im Moment wird es schwierig sein, dass die Mädchen vorbeikommen? Ich muss dringend mit Yasmeen sprechen. Nein das geht nur persönlich. Falls es dir möglich ist, bring sie doch bitte kurz bei mir vorbei."Ich gab ihm mein Versprechen, wusste aber auch, dass ich ihn und Yasmeen im Moment damit in Gefahr bringen würde, so nannte ich keinen Zeitpunkt, nur ein Ja.

Der Pastor öffnete mit demselben Gesichtsausdruck wie letztes Mal, nun war es ein Familienmitglied, das ihn zu diesem Gesicht zwang.

„Es ist so, so, schrecklich. Der arme Andy. Mein armer Bruder, seine arme Frau, das ist so, so schrecklich. Gut, wenn du mich fragst: Andy war ja mit dem Okkulten im Bunde. Hast du seine T-Shirts gesehen? Und die Musik gehört, die sie verkaufen und machten? Ich meine, wer das Dunkle predigt, wird irgendwann das Dunkle ernten. Ich weiß, das ist für dich keine Erklärung, für mich schon, du benötigst einen Täter, ich sage, der Täter ist nur ein Bild dafür, was er seit Jahren beschwor. Irgendwann war es da und nahm sich jetzt seinen Lohn. Ich werde für seine Seele beten. Es war nicht einfach für uns als Gemeinde, für seine Familie, als er diesen Weg einschlug, wir führten viele Gespräche, versuchten zu retten, was noch zu retten

war, dieser Lenny war kein guter Einfluss, da solltet ihr
genau hinsehen. Glaub mir, der Täter, wird nicht wissen,
warum er es tat, er war nur Werkzeug eines lange
gereiften Momentes. Ob ich mehr weiß?
Leo, du weißt genau, wenn ich etwas wüsste,
dürfte ich es dir nicht sagen…"

Erst war es ein Lächeln,
ein Witz, den man sich zu oft erzählte,
dann sind sie in mir:
die Wahrheiten,
die Lügen
und legen Feuer.
Welches lasse ich brennen,
welches wage ich zu löschen,
im Feuer ist's nicht mehr zu erkennen,
einig, grelles, Licht.

Kapitel 8 - Offene Gräber, offene Kehlen

„Hi Dad. Was gibt's? Mir geht's gut, oder hast du was Gegenteiliges gehört? Ja, Ma hat's erzählt. Ich kann's noch gar nicht glauben. Wir gingen zwar in dieselbe Klasse, aber sonst hatte ich mit Kirk wenig zu tun, hab ihn auch seit der Schulzeit nicht mehr gesehen. Weißt du wann die Beerdigung ist? Samstag? Ist jetzt ein wenig kurzfristig, aber ich versuche zu kommen. Wer? Andy Wilson, der von dem Plattenladen? Krass. Der war in der Parallelklasse, ein ziemlicher Außenseiter, aber mehr weiß auch nicht. Frag mal Kristin Wheeler, die war mal mit ihm zusammen, hast du schon? Kann ich ja nicht wissen. Nein, das glaub ich nicht, Kirk und Andy, nein die waren wie Star Trek und Star Wars, zwei völlig verschiedene Universen. Und Kirk stand glaub ich auf Jungs und Andy hatte glaub ich nur bei Kristin Glück, vielleicht hat er deshalb eine Band gegründet um seine Chancen zu steigern. Ich vermiss dich auch, ja dass erst jemand sterben muss, dass wir uns wieder sehen ist irgendwie makaber. Ach Ma, die ist mit ihrem Job verheiratet, ich telefonier nur mit ihr, spät in der Nacht, ich komm vom Tanzen und sie von der Arbeit, zwei völlig unterschiedliche Universen. Sag noch mal, „Die Zärtlichkeit der Dinge"? Nein, ich bin zwar ein Bücherwurm, aber davon hab ich noch nichts gehört, der Autor, Schönherr? Nein, sagt mir null. Frag doch mal in einer Buchhandlung…ok, dann bis Samstag. Ich mich auch…"

Es war schön Stacy zu hören. Todesfälle sollten nicht der

Grund für ein Lebenszeichen sein, auch wenn man dann wieder näher zusammenrückt. Ich versuchte mein Glück in der Mall und in der städtischen Bibliothek, niemand kannte das Buch, vielleicht war es etwas Europäisches, aber es war ja auch nur eine leere Hülle, vielleicht war das Buch noch gar nicht geschrieben.

Heute war es Zeit für den Löwen. Ich fuhr bis vor die Brücke, wo mich die beiden Wachmänner abfingen. „Sheriff Thornton, was führt sie zu uns? Termin? Ermittlungen, verstehe. Ich frage. Bitte warten." Er entfernte sich ein paar Meter und nuschelte in sein Funkgerät. „Lassen sie das Auto, dort stehen. Bitte folgen sie mir." Das rostige Tor öffnete sich automatisch, einer der Wachen blieb vor dem Tor, der andere Wachmann begleitete mich bis vor die Haustür. Wir warteten einen Moment, zwei Momente, dann öffnete sich die Tür, eine junge Frau mit Dutt und Hosenanzug führte mich über die Treppe an eine schwere Tür. „Sie haben 10 Minuten. Mr. Meyer hat für sie einen Termin nach hinten verschoben."

Dann stemmte sie sich gegen das alte, dunkle Holz mit der goldenen Klinke und bat mich in den Raum mit einem großen Schreibtisch in demselben Holz wie Tür und Wände. „Sheriff Thornton, was verschafft mir die Ehre. Ich hörte Ermittlungen, wie kann ich ihnen helfen? Setzen sie sich. Ja, ich hab natürlich davon gehört, schrecklich, nicht nur für die Angehörigen, auch für diese wunderschöne, unschuldige Stadt. Ja, auch der Wilson Junge, ein Verlust, ich hab seinen Eltern schon kondoliert, natürlich auch seinem Onkel

Pastor Wilson. Zwei junge Menschen, in so kurzer Zeit und auf diese Art. Ich muss nicht sagen, dass ich alles auf sie und ihr Team setze, dass sie den Fall schnell und diskret aufklären, sie haben natürlich meine volle Unterstützung. War's das? Ein Foto? Zeigen sie mal. Woher haben sie das? Das sind meine Großmutter und meine Mutter, wie kommen sie an das Foto? Das hängt bei mir im Wohnzimmer. Jetzt? Ich versteh schon, sie tun nur ihre Arbeit, kommen sie." Wir gingen den Flur und die Treppen mit dem roten Läufer, hinab zu einer üppigen Flügeltür, die sich mittels Schalter von selbst öffnete. „Die ist selbst mir zu schwer. Würden sie hier an der Tür stehen bleiben, danke, das ist mir dann doch zu privat. Aber sie können auch von dort etwas sehen. Hier ist die Familienwand und da müsste....

Wie ist das möglich? Sie hatten Recht. Das Bild fehlt. Ich kann mir das nicht erklären. Kommen sie schon rein, für den Schmutz hab ich Angestellte. Schauen sie, der Rahmen hängt, aber das Bild fehlt…" Ich nahm einen Plastikbeutel aus meiner Jackentasche und stülpte ihn über den Rahmen. „Bitte bringen sie ihn mir unversehrt wieder, ein Familienerbstück. Das Foto? Ermittlungen. Verstehe. Nein hier leben nur ich und meine Frau. Darf ich den Diebstahl zur Anzeige geben? Gut, ich muss sie jetzt aber auch bitten, Termine, sie verstehen. Halten sie mich auf dem Laufenden!" Die Frau mit dem Dutt führte mich zur Tür und reichte mir eine Karte. „Das ist die private Nummer des Bürgermeisters, die Offizielle ist an Öffnungszeiten gebunden." Den Weg zurück zum Auto durfte ich nun alleine gehen, man vertraute mir, zumindest die paar Meter. Als ich über meine linke Schulter blickte, bemerkte ich einen alten Schuppen im hinteren Bereich des Hauses, im Kies dorthin, Reifenspuren. „Das ging ja flott. Fall geklärt? Gute Heimfahrt, Sheriff. Thornton! Der Fuhrpark des Bürgermeisters? Gleich hier links, ist doch nicht zu übersehen, oder?" Ich wusste schon, warum wir Dan damals nicht bei der Polizei nahmen, dies bestätigte sich bei jeder Begegnung erneut. Die Garage war außerhalb des Anwesens, das sah ich und ich bekam es bestätigt. Der Löwe war aus seinem Schatten gelockt.

Offene Gräber, offene Kehlen,
Licht, wo es früher blendete,
ich brauch keine Flügel mehr,
nur den Wunsch zu fliegen,
er wird erfüllt,
weil er durch Wundweiche Gebete ging.

„Kein Anruf, also nicht den, den wir erwarten. Buchungsanfragen von Journalisten, sie haben Storys gewittert. Eine kleine Stadt, zwei Morde, Goldgräber-stimmung, wahrscheinlich hoffen sie auf einen Weiteren, am besten wenn sie vor Ort sind. Der erste Mord, wurde erst im Zuge des Zweiten interessant, Serienmörder erhöhen die Auflage. Konntest du den Löwen bändigen?" Ich erzählte Vince und Nat von dem Foto und den Reifenspuren. „Ein Dieb bricht im wohl bestbewachten Haus der Stadt ein und entwendet nur ein Foto? Ohne Rahmen? Sei ehrlich Leo, das ist doch

nicht stimmig? Wer und warum riskiert womöglich sein
Leben für ein Foto, für ein ganz bestimmtes Foto?"
Die Frage ist, hat überhaupt jemand etwas riskiert?
„Vielleicht einer der Wachmänner?" „Dan? Hast du
schon mal seine Schuhe gesehen? Er trägt Schuhe mit
Klettverschluss, er kann bist heute keine Schleifen
binden, sein Kollege ist ein Filmfreak, der seine Freizeit
im Kino oder Videotheken verbringt, die beiden
verdienen gut und sind loyal, wegen eines Fotos würde
keiner seinen Posten riskieren. Wann ist die Beerdigung?
Samstag? Die Chance dass der Mörder dort auftaucht ist
hoch." Nicht höher, als in einer Herde bei Nacht, wo nur
ein Hund Wache hält, Tagsüber halten viele Wache.
„Wir müssen dann nochmal ins Haus, wir haben keine
schwarzen Sachen mit…"
„Und ich müsste T-Bone fragen ob er mir seine
Harfe leiht, wir würden gerne für Kirk ein Lied
spielen."
„Darf ich mit meinen Freundinnen telefonieren,
ich brauch wieder Menschen um mich herum,
also andere, sie sollen auch zur Beerdigung kommen,
dürfen sie?" Es wird langsam unübersichtlich.
Zu viele Leben unter einem Dach, zu viel Wille,
der irgendwann nicht mehr zu halten und zu
kontrollieren ist. Ich spürte eine große Müdigkeit,
keine, die man spürt, wenn Schlaf fehlt, eine,
wenn das Leben fehlt.

Kapitel 9 - Wenn wir sie nicht mit Vergessen bedecken

Drei Bestätigungen aus dem Labor: die Fingerabdrücke auf dem Messer, der Platte und dem Foto stimmen überein. Der Mörder ist der Dieb, der Dieb ist der Mörder. Es ist nicht der Löwe, auch nicht seine Frau und nicht seine Angestellten. Noch am selben Tag, als wir den Diebstahl zur Anzeige brachten, lief mein Team ein und nahm von jedem die Fingerabdrücke. Andy wurde erdrosselt, dass bedurfte einiges an Kraftaufwand, denn Andy war anders als Lenny, nicht von zarter Statur und hatte den Nacken eines Stieres. Auch das hätte scheitern können, der Mörder muss sich seiner Sache sehr sicher gewesen sein. Der vergiftete Teich wird abgepumpt und das Erdreich abgetragen, ich sah heute den Truck mit den Fässern den Highway hinunterrauschen. Er schreckte die Krähen auf, die auf den Dachrinnen saßen und auf Reste warteten, die ihnen das Leben oder ein hinuntergekurbeltes Fenster ließen.

Ich fuhr mit Kristin, Carol und Yasmeen in ihr Eltern-haus, schwarze Kleidung besorgen. Ein bemalter Bully stand vor der Haustür. „Oh Gott sie sind da, können wir wieder umdrehen? Bitte Leo, dreh um oder ich spring aus dem Auto, dreh um, bitte…" Ich fuhr mit den Mädchen zur Mall, sie würden sich dort etwas Schwarzes kaufen. Eine Stunde. Ich ging in den Plattenladen gegenüber. Journalisten, standen keine in der Nähe. Das Türsiegel war aufgebrochen, die Tür offen. Ich zog meinen Revolver und ging hinein. Es roch säuerlich, nach Chemikalien und Erbrochenem.

„Wooo…bitte nicht schießen, ich bin's Lenny, ich hol nur die Kasse, bitte, ich brauch das Geld, die Miete… Danke Chief, oder Sheriff, ich weiß gar nicht wie ich sagen soll. Ich hab den Monatswechsel ganz vergessen und heute stand der Vermieter vor der Tür, sonst muss ich raus…wann kann ich wieder öffnen? Ich brauch das Geld und Arbeit würde mir gut tun, wirklich, das sagen meine Eltern auch und ich möchte nicht wieder an einem Fließband stehen und Roboter spielen…meine Güte ich rede nur über mich…Andy ist tot. Ich hab den Mörder gesehen, aber ich kenn ihn nicht. Sie haben jetzt ein Phantombild, mehr kann ich nicht geben. Auto? Nein da kann ich mich an keines erinnern, ich glaube der war zu Fuß hier, er roch ziemlich streng nach Schweiß, vielleicht hat er aber auch bei der Mall geparkt. Ja, wir können gehen, hab ich mich jetzt strafbar gemacht? Danke Sir."

Die Mädchen kamen pünktlich, jedes von ihnen hatte eine Einkaufstüte und ihre Gesichter wirkten gelassen sogar ein Lachen war zu vernehmen. Ich kam mir vor wie der Chauffeur reicher Teenagermädchen.

„Zurück ins Hotel bitte…" Ich musste schmunzeln, ich wäre es tatsächlich gerne gewesen, so viel lieber als der Polizist, der ich gerade war. Nat und Jonah nahmen die drei in Empfang und gingen mit ihnen zurück ins Hotel. Ich fuhr zu Eagle und hoffte auf den Kastenwagen. Er stand noch dort, die Schiebetür geöffnet, aus der es hinausqualmte. „Ah der Sheriff. Bei ihnen ist ja was los. Wie gut, dass ich noch geblieben bin, ich war diesmal der erste am Tatort,

die Fotos verkauften sich gut. Jetzt machen sie nicht so
ein Gesicht. Ich muss auch von was leben, nein von der
Leiche natürlich nicht, da waren ihre Kollegen schneller.
Da sie mich nicht davongejagt haben, will ich mal nicht
so sein, ich hab ein Auto gesehen, das fährt hier ständig
entlang. So eine blaue, alte Karre. Nummernschild…
sehen sie meine Brille, die trag ich nicht umsonst,
bin froh wenn ich bis ans Lenkrad blicken kann.
Aber das grelle Blau, fiel mir jetzt schon ein paar Mal
auf, der stand auch bei der Mall auf dem Parkplatz,
als ich an den Plattenladen kam. Nein, drin war keiner,
glaub ich, die Sonne spiegelte ziemlich. Als ich meine
Fotos hatte, war er weg. Ich glaube jetzt sind wir quitt,
jetzt sind sie wieder dran. Ich bleib noch ein paar Tage,
man weiß ja nie …"

Wenn wir sie nicht mit Vergessen bedecken,
dann sind es andere,
andere, die dich nicht kannten,
nur ein Vorübergehen, ohne Echo,
was bin ich dir,
damit du mich hältst,
bevor du mich vergisst?

Ein samtweicher Wind schluckte die verzweifelten
Versuche der Stille, die Dinge ins Unbewegliche zu
ziehen. Die Felder neben dem Reservat zeigten noch die
Wunden des Festivals. Backpacker und
Liebespaare fanden in den Weizenfeldern Unterschlupf,
ehe sie der Regen davon trieb. Ich hatte einen Hang zu

UFO's, wünschte mir oft ich würde mal ein Zeichen in den Getreidefeldern entdecken, mit einer eindeutigen Botschaft: komm mit uns, heute Nacht. Ich wäre bereit, jederzeit. Ich liebe es durch die Felder zu streifen, es gab immer eine Begründung, oft genügte meine Position, keine Fragen von misstrauischen Farmern oder einheimischen Spaziergängern. Mein Posten verschaffte mir Freiheiten, dafür müsste ich nicht einmal die Hand aufhalten. Ein Moment unverbrauchter Stille, ehe mich die Stadt wieder zur Verantwortung rief.

Der Journalist hatte Recht, von hier aus konnte man ungestört die Straße beobachten, die oberhalb verlief, vom Löwen bis zum Hotel und von dort in einer Kurve wieder zum Highway mündete. Das Tuckern des Bullys vernahm ich, bevor ich ihn sah, er hielt vor dem Hotel.

Kapitel 10 - Auf deiner Klinge schläft ein Blitz

Kristins Mutter versuchte sich Zutritt zum Hotel zu verschaffen, doch Vincent und Nathalie hinderten sie daran. „Das ist mein Hotel, sie können uns den Zutritt nicht verweigern. Ich möchte mit meinen Kindern sprechen, das ist mein Recht, ihr Bruder, mein Sohn ist tot. Leo, bitte unternimm doch etwas." „Es tut mir Leid Mrs. Wheeler, ihnen wurde Hausverbot erteilt. Das Hotel hatten sie ihren Kindern überschrieben. Wenn sie das Bedürfnis nach einem Gespräch mit ihnen haben, dann werden sich ihre Kinder melden. Sie sind im Haus oben in der Siedlung? Dann darf ich sie bitten, dorthin zurückzukehren, dieser Ort ist noch Teil der Ermittlungen und der Zutritt ist Unbefugten bist auf weiteres verboten. Bitte haben sie Verständnis."

„Verständnis? Leo, wer ist dieser Schnösel, dass der so mit mir spricht? Du kennst mich, sag doch was? Ich bin Mutter und möchte zu meinen Kindern, das ist alles oder brauch ich dafür jetzt schon einen Anwalt?"

„Nein, nur Geduld. Ihre Kinder werden sich bei ihnen melden. Bitte…" Ich hatte befürchtet, dass Kristin oder Carol aus dem Hintergrund agieren, doch diese blieben still, ich sah sie über uns, am Fenster stehen, sie beobachteten die Szene. Ich verstand ihre Mutter, doch noch mehr verstand ich die Kinder. Ich begleitete sie zu ihrem VW Bus, versuchte sie zu beruhigen.

„Leo, was soll das? Nein, ich bin alleine hier, mein Mann, naja bald Ex-Mann war nicht aufzufinden. Keine Ahnung mit wem er sich rumtreibt. Ich habe

nichts mehr, nur noch meine Kinder und Eines
wurde mir genommen. Kannst du mich nicht verstehen?
Warum verbieten sie mir den Zutritt? Was hab ich denn
getan?" Die Frage machte mich wütend und ich hätte
sie am liebsten geschüttelt, damit sie sich diese Frage
selbst beantwortete. „Die Beerdigung ist in zwei Tagen,
ich dachte…kann ich zu Kirk? Kann ich ihn noch einmal
sehen, mich verabschieden, bevor es alle tun?
Manchmal hasse ich meine Mädchen, vor allem die
Große, die ist ganz ihr Vater, einen Dickschädel wie ein
Steinbock, lustigerweise auch ihr Sternzeichen. Kirk kam
ganz nach mir, er hielt als einziger Kontakt, das wussten
seine Schwestern nicht. Warum wir gingen? Leo, das
geht dich nichts an, es hatte seine Gründe. Die Kinder
wollten hier bleiben, weigerten sich, sie waren alt genug
und Carol drohte damit, sich etwas anzutun, wenn sie
als Einzige mit müsse. Man hat uns förmlich aus der
Stadt getrieben, wir passten nicht hier her, selbst meine
Großeltern waren zu nett für diesen Abschaum hier,
aber sie blieben. Meine Kinder sollten selbst
entscheiden, sie sind noch hier, also haben sie es so
entschieden. Komm mir jetzt nicht mit V
ernachlässigung und das „Schlechte Eltern Ding",
glaub mir, es war richtig, ich würde es wieder so tun.
Der Ort ist verflucht, seit dem sie auf die Sioux schossen,
nie hat jemand dafür gebüßt. Der Ort wählt jetzt selbst
und er nahm meinen Sohn, es war der Falsche, es war
der Falsche…" Sie fiel schluchzend in sich, ich versuchte
sie zu halten, doch sie stieß mich zurück. „Ich brauch
dein Mitleid nicht, sorg dafür, dass mich meine Kinder

wieder sehen wollen, damit kannst du mir helfen,
alles andere ist diese scheinheilige Scheiße,
die hier jeder verbreitet. Du weißt wo du mich findest."

„Was hat sie zu dir gesagt? Hat sie wieder Opfer gespielt? Die arme unverstandene Mutter, die bösen, bösen
Töchter und der verständnisvolle Sohn. Wo ist unser
Vater? Hat sie ihn auch vergrault? Davon kann sie träumen, dass wir uns bei ihr melden, stimmt doch Carol?"
Kristin lief wütend auf- und ab, Carol saß bei Jonah der
seltsam unruhig war und schien wenig berührt von dem
Besuch ihrer Mutter. Yasmeen versuchte sie irgendwie zu
bremsen, vergeblich, der Kessel kochte. Da klingelte das
Telefon. „Jetzt beruhig dich für einen Moment,
meinst du, du bekommst es hin, sonst kann auch Woo
übernehmen?" „Geht schon. Und es wenn meine Mutter
ist?" „Dann kannst du auflegen." „Gut…" Vince zählte
bis drei…Kristin hob ab, alle Aufmerksamkeit war auf
sie gerichtet. Schweigen. Wir hörten die andere Seite
atmen, für einen Moment verstummte auch dies,
dann ertönten, zwei, drei, Gitarrenakkorde, ganz leise
nur…dann legte er auf. „Ok. Das war er. Ich lass den
Anruf zurückverfolgen. Die Nummer ist aus dieser
Stadt. Möchtest du sie wählen, Leo?" Ich tippte die
Nummer. Das Telefon läutete. Es kam von oben,
aus einem der Zimmer.

Auf deiner Klinge schläft ein Blitz,
wenn wir sie nicht mit Vergessen bedecken,
offene Gräber, offene Kehlen,
dann sind sie in mir,
dann bin ich in ihnen,
starren, wenn ich vor ihnen stehe,
wenn ich sie streichle,
blicken Pferde auf die Seite,
Wälder dort, wo ich dich sehe,
Wölfe ziehen neben mir.

Die Äpfel heut' so sauer,
als hätten sie nie eine Sonn' gesehen,
ich süße sie mit Mündern,
die vom Kusse noch ganz geschwollen.
Am Himmel schon Tänze,
fordern mich zu später Stund',
wo Herbste lauern,
Wölfe und ein Löwenkind.
Die Stille stahl mir eine Geschichte,
in den Wäldern, früher Winter, bunt.

Kapitel 1 – Die Äpfel heut' so sauer

„Raus! Ihr da, raus! Nat du gehst mit den Kindern!
Vince und ich gehen nach oben. Auch die aus der Küche
sollen raus!" Leo nahm auch Jonah mit. Du greifst meine
und Carols Hand wir laufen voran, dann Woo und seine
Schwester, Nathalie machte das Schlusslicht.
Alle die eine Polizeimarke hatten, zogen eine Waffe.
Wir duckten uns hinter Leos Polizeiwagen, während
Nathalie stand und die Waffe auf die Eingangstür
richtete. Wir hörten Jonah kläffen und Leo
Aufforderungen brüllen, dann Stille. Kein Schuss,
einfach nur drückende Stille. Dann kam Vince vor die
Tür. „Ihr könnt wieder rein, schnell." Wir gingen nach
oben, in dein Zimmer. „Er war hier, das Fenster war
offen, wie er es allerdings hier hinauf schaffte…das ist
wohl auch die Gitarre, die er spielte." „Ich werde sie nie
wieder anfassen. Nimm sie mit, verbrenn sie, verschenk
sie. Sie ist jetzt Gift, wie der Teich." „Vince du gehst mit

Jonah raus und folgst seiner Spur, er wird kein Vogel
sein. Ich kümmere mich um Verstärkung, weit kann er
noch nicht sein. Nat und ihr bleibt unten. Räumt die
Matratzen in den Speisesaal, keiner schläft mehr oben."
Woo brachte uns was zu trinken und half uns mit den
Matratzen. Irgendwann wurde daraus ein
Matratzenlager, wie ich es von Schulausflügen kannte.
Alles was uns wichtig war, fand den Weg zu unseren
Booten, die aneinandergekettet den Sturm trotzten,
der an Land wütete. Du knipst den Fernseher an,
der über dem Schallplattenspieler thront und für all jene
Magnet war, die Fieberopfer darbrachten, es gab immer
ein Finale. Wir schauten die Nachrichten.
Die Stadt war nur eine Randbemerkung und eine Stadt
von vielen. Das Land quoll über. Ähnliches gab es
gefühlt überall, wo waren die Superhelden, die doch hier
lebten und für Ordnung sorgten? Wir hatten die
Matratzen an den Heizkörper geschoben,
weit weg von der Stelle, wo Kirks Geist trieb.
Carol lehnt an dir, du lehnst an mir. Sie klickt auf
irgendeinen blöden Cartoon, der laut war, aber nicht
lustig. Vielleicht war er lustig, aber niemand empfand
ein Lächeln, das er antworten konnte. „Schön, dass du
da bist. Hab ich das schon gesagt? Ja? Ich kann mich
nicht mehr daran erinnern. Es ist alles ein Alptraum,
bitte weck mich auf…bitte." Du drückst meine Hand
und legst deinen Kopf zurück an meine Schulter.
Ich weiß nicht ob dies im Moment der angenehmste Ort
war, der Angstschweiß war nicht mehr zu verbergen.

Irgendwann kamen Vince und Jonah. Jonah war ganz aufgeregt, als er uns im Speisesaal vorfand und lief mit seinen dreckigen Pfoten auf unsere Decken und kläffte freudig. Carol stürzte sich auf ihn und er genoss die Liebe die ihm entgegengebracht wurde. „Und? Habt ihr seine Spur?" „Ja und Nein. Er war da, er kletterte wohl über die Regentonne nach oben, die fiel bei seiner Flucht um und wässerte den Garten, der uns dadurch aber seine Fußabdrücke lieferte. Die matschigen Spuren, führten bis auf die Straße, dann stieg er wohl in sein Auto und fuhr Richtung Highway. Leo kommt gleich mit dem Spurenteam und sichert die Fußabdrücke und befragt die Leute hier, die müssen doch was gesehen haben. Es ist mitten am Tag, man sieht was auf dem Tisch steht." Jetzt waren die Polizeiwägen zu hören, das Blinklicht drang durch die Sprossen der Läden und hüllte die Dunkelheit des Raumes beinahe in die eines Tanzsaals. Leo kam rein. „Der Journalist ist mein drittes Auge. Es war wieder ein blaues Auto, das hier vorbeirauschte. Aber nicht am Hotel vorbei, sondern in die andere Richtung. Was bedeutet, es befindet sich in einer Sackgasse oder steht in irgendeiner der Garagen, die sich nur durch ihre Hausnummern unterscheiden. Wir werden jede Garage öffnen, ich hoffe die Leute stellen sich nicht quer und kooperieren. Wer möchte schon gerne unter Verdacht stehen und sein Gesicht vor den Nachbarn verlieren. Wenn der Erste mitspielt, spielen alle mit, wenn sich der Erste weigert, werden sich alle weigern…ich hoffe auf eine gute Nummer Eins. Sehr gut, ihr habt euer Lager schon aufgeschlagen.

Ach ja, T-Bone bringt später die Harfe vorbei,
also nicht erschrecken wenn es klopft."
Bevor Woo nach Hause ging, backte er uns eine Pizza,
die wir auf dem Matratzenlager verspeisten. Jonah hoffte
auf Reste, es blieb nichts übrig, das abfallende Adrenalin
brachte den Hunger und viele Krümel die sich Ritzen
suchten um uns später beim Einschlafen zu nerven.
Zum Nachtisch gab es Äpfel. Sie waren ungewöhnlich
sauer. Vince nahm wieder seinen Platz am Empfang ein,
Kristin blieb bei mir, wir hatten direkten Blick auf die
Rezeption und den Fernseher. Jonah lag bei Carol,
die ihr Boot jetzt abseits von unserem treiben ließ.
Wir nutzten die Mitarbeitertoilette direkt hinter dem
Empfang, keiner ging mehr nach oben. Draußen wurde
es stiller. Die Vögel sangen noch einmal ihr Lied,
dann kam die Stille. Nat setzte sich mit einem Buch zu
Vince. Im Fernsehen lief ein schwarz/weiß Krimi,
er hatte etwas Beruhigendes. „Es ist ein Alptraum.
Weckst du mich?" Du hebst die Decke und küsst mich,
das erste Mal, seitdem ich hier bin. Jetzt weiß ich wieder,
was ich vermisse, wen ich vermisse.

Die Äpfel heut' so sauer,
als gäbe es keinen Sommer,
sie süßen deine Küsse,
die Herbst sind,
Herbst, ewiglich.

Kapitel 2 - Als hätten sie nie eine Sonn' gesehen

Ich spürte deine Unruhe, die Angst, es könnte ein Anruf diesen Moment zerstören und doch suchtest du meine Nähe, eine Decke, die Wärme die vorhin noch angstgespeist war, speiste sich nun von uns. Irgendwann schliefst du ein und nahmst mich mit. Kein Anruf, kein Traum. Deine Nähe ließ jeden Traum verstummen, alles war da und das, was es schlecht mit uns meinte, vertrieben. Als ich aufwachte, sah ich Nat am Empfang sitzen, Vince lag auf einer Matratze und schnarchte, Carol lag auf dem Bauch, den Kopf zur Seite gedreht, als wolle sie uns nicht sehen. Zu ihren Füßen eingerollt: Jonah, immer wieder tief seufzend, vielleicht war es auch Vince, im Schlaf ähnelten sich die beiden. Ich tapste auf die Toilette und war von der Kühle des Fußbodens überrascht. „Kalt? Ja langsam kommt der Herbst, nachts kann man ihn schon spüren. Kannst du nicht schlafen? Eigentlich müssten gleich die Vögel ihr Hallo singen. Ah hörst du, auf Ansage. Nein er hat zum Glück nicht angerufen. Es kamen noch zwei Kollegen, die sich um das Haus positionierten, hast du gar nicht mitbekommen? Dann hast du echt einen tiefen Schlaf, kein Wunder nach den letzten Tagen. Ich glaube das tut Kristin richtig gut, dass du da bist, eine Freundin kann sie jetzt echt gebrauchen. Carol ist da ein wenig neidisch, aber zum Glück hat sie mit Jonah einen Freund an ihrer Seite. Die beiden haben sich gesucht und gefunden, zumindest vorübergehend, bis Carol wieder zu ihren Freunden kann. Solange wir nicht wissen was der

Mörder will, dürfen wir niemand anderen in Gefahr bringen, du bist da tatsächlich eine große Ausnahme, mich wundert, also nichts gegen dich, dass Leo dich nicht in ein Hotel oder wieder zurück geschickt hat. Jetzt sitzt du mit im Boot und der nächste Sturm kommt bestimmt. Jetzt aber schnell, bevor du dir noch eine Erkältung einfängst. T-Bone? Nein der war nicht da. Aber stimmt, Leo hatte ihn eigentlich angekündigt. Vielleicht kam ihm irgendwas dazwischen, kannst ihn ja später anrufen, hast du seine Nummer? Kristin ganz bestimmt."

T-Bones Wegbleiben beunruhigte mich, ich empfand ihn als sehr zuverlässig. Dieser Gedanke raubte mir alle Versuche wieder in den Schlaf zu finden.

Diesmal spürtest du meine Unruhe. „Alles in Ordnung bei dir? Wie spät ist es...er hat nicht angerufen. Das war die erste Nacht seit langem, die mir wieder etwas Schlaf ließ. Du hast ganz kalte Füße, die ganze Nacht schon? Bitte nicht krank werden. Du denkst an T-Bone? Nicht an mich? Scherz. Du hast Recht, er wollte eigentlich kommen, machst du dir Sorgen, dass etwas mit ihm sein könnte? Klar hab ich seine Nummer, willst du jetzt anrufen? Ach, der ist bestimmt schon auf, schlafen tut er glaub ich nur bei Eagle und nach zu viel Bier. Oh, der Boden ist aber kalt...Guten Morgen Nat. Können wir kurz telefonieren?"

T-Bone ging nicht ran. „Vielleicht ist er bei Eagle... Eagle? Guten Morgen, du sag ist Bone bei dir? Er wollte gestern die Harfe vorbeibringen, aber er kam nicht... Hast ihn heute auch noch nicht gesehen, ja, vielleicht ist

er spazieren. Danke, ja dir auch...ja, richt' ich ihr aus...
Schönen Gruß von Eagle und sollst bei ihm vorbei-
schauen, also sobald es geht natürlich. Den Rest hast du
ja mitbekommen. Nat, was meinst du, sollen wir Leo
Bescheid geben?" „Es kann nichts bedeuten, T-Bone ist
ein alter Mann, da kann man schon mal was vergessen...
aber im Moment ist jede Unebenheit Grund die Augen
offen zu halten. Ich sag ihm Bescheid." Woo werkelte
schon in der Küche. Aufgrund der geschlossenen Läden
waren wir jeglichem Zeitgefühl entrissen, es sah am
Morgen aus wie am Abend. Nur der Verkehr deutete auf
das Leben, das irgendwo anders weiter ging und hier zu
erstarren schien.

Als hätten wir nie eine Sonn' gesehen,
wir saugen an unseren Lippen,
für etwas Leben,
bis wir uns ganz aufgezehrt,
Schatten sind in dunkler Höhle,
nur ein Grabstein fehlt,
nur ein Grabstein fehlt.

Leo klang überrascht und versprach gleich bei T-Bone
vorbeizufahren, unterdessen kamen die zwei
Wachmänner, stellten sich kurz vor und bekamen noch
etwas Frühstück, welches sie draußen verspeisten,
bevor sie abgelöst wurden. Wir hörten einen Krankenwagen den Highway entlangsprinten, sein Echo klang
wie die Stimme von Roadrunner. T-Bone. Bitte nicht.
Leo war nicht zu erreichen. Auch Vince und Nat waren

jetzt angespannt, Carol schlief noch, Jonah war bei den
Wachleuten und witterte ein paar Krümel.
Irgendwann kam Leo, T-Bone saß im Wagen,
er hatte auch die Harfe mit.
„Habt ihr euch Sorgen um mich gemacht? Ihr seid ja lieb.
Mein Auto sprang nicht an und anrufen... Ich glaube
jeder Anrufer weniger, ist besser für die Nerven.
Hier ist die versprochene Harfe, ich glaube, sie hat dich
auch schon vermisst. Ein Lied für Kirk, das ist eine
schöne Idee. Ja, klar komm ich, so Gott will.
Eagle...ich kann nicht für ihn sprechen, es ist beides
möglich, das entscheidet er spontan. Nehmt es ihm nicht
übel, wenn er sich dagegen entscheidet, dann hatte er
seine Gründe, aber die Gründe liegen nicht bei euch.
So, jetzt schau ich mal zu dem alten Mann,
eigentlich wollten wir beide heute einkaufen fahren,
aber ohne Auto, vielleicht leiht mir Nelly ihres. Deines?
Sorgen um mich und ein Auto,
der Tag meint es gut mit mir.
Danke dir Kristin, wir sehen uns später."

Kapitel 3 - Ich süße sie mit Mündern

Viele Worte waren nötig, dass uns Vince nach oben ließ,
damit wir ungestört an einem Lied für Kirk schreiben
konnten. Da das Haus jetzt von Wachen umkreist
wurde, gab man uns den Vormittag. Wir wählten
dein Zimmer, in dem ich vor Tagen noch mein Lager
aufgeschlagen hatte. Die Morgensonne zähmte jene
Momente die dort erfühlt und verdrängt wurden.
Wir setzten uns aufs Bett und ich blickte zu dem Bild
welches ich oft in wachen Augenblicken anstarrte und
mich darin verlor, wenn ich nicht auf mich aufpasste.
Etwas war anders. Auch du konntest es mir nicht sagen.
„Ich mag es nicht. Zumindest heute. Kennst du diese
Stimmungsringe? Man sagt, der Stein verfärbt sich je
nach Laune, natürlich ist es alleine die Körperwärme die
dafür verantwortlich ist, das Bild hat auf mich
denselben Effekt. Seine Dunkelheit empfinde ich heute
als bedrückend, weil mich meine eigene drückt. Das ist
die Veränderung die ich wahrnehme." Bei mir war es
etwas anderes. Ich nahm mir den Stuhl und wendete
ihm den Rücken zu. Du sitzt auf dem Boden,
einen Collegeblock auf deinem Schoß, der schon viele
Telefonate oder langweilige Stunden miterlebt hatte,
der Umschlag war übersät von Kugelschreiberkringeln,
Mustern und wuchernden Buchstaben und Zahlen.
Ich versuchte mich an ein paar Akkorden und
spürte die Weisheit dieses Instruments, was mich
beinahe einschüchterte, du summst dazu.
Erst wortlos, dann einzelne Wortfasern, die du dann

miteinander verknüpfst und zu Sätzen bindest. Ich mag
deine Singstimme, die tiefer klingt als deine Sprech-
stimme. Es waren ganz einfache Akkorde... „Ach scheiß
drauf..." Du greifst nach der Gitarre, die du unter das
Bett schobst. „Sie kann nichts dafür, sie ist auch nur
Opfer, warum soll ich sie dafür bestrafen, ich spiel ihr
das Gift wieder aus dem Leib." Du improvisierst über
meine Harfenklänge, in den Obertönen finden die
beiden Instrumente zueinander und beginnen zu
schweben. „Kirks Song bedarf keiner Worte, die kann
sich jeder selbst hinzudenken." Wir spielen und
vergessen. Irgendwann stand Nat in der Tür. „So ihr
beiden, ich unterbreche euch nur ungern, die Kollegen
machen jetzt Mittag, da wäre es gut, wenn ihr wieder
hinunter kommt, Woo hat irgendeine Suppe gemacht,
sie riecht schon mal fantastisch. „Wir kommen gleich,
5 Minuten?" Du schließt die Tür und ziehst mich aufs
Bett.

Ich süße sie mit Mündern,
dort wo es Trauer spricht,
vermag nicht zu schweigen,
bis auch dort Süße ist.
Verboten jene Wälder,
die Dunkelheit statt Schatten sprechen,
mag sie Heimat nennen,
doch sie bleiben mir fremd.

„5 Minuten? Mädels die Suppe ist jetzt kalt. Aber ihr
habt schön gespielt. Es tut mal wieder gut Musik zu
hören, dich ich noch nicht hörte." Jonah löste sich von

Carol. Sie saß noch immer auf der Matratze und zappte
sich durch die Kanäle. Die Tür stand offen, da die
Polizisten auf der Veranda saßen und ihre Suppe
löffelten, die frische Luft tat gut, auch das Tageslicht,
das in den Flur strömte. T-Bone parkte gerade ein.
Jonah begrüßte den edlen Spender seiner Leckerlis,
nicht ganz ohne Hintergedanken, natürlich hatte
T-Bone eine Handvoll einstecken. Beide kamen zu uns.
Jonah wedelte mit dem Schwanz nur T-Bone wirkte
ungewohnt ernst. „Das klemmte an der Frontscheibe."
Ein schwarzer Zettel, aus seiner Mitte war ein Dreieck
geschnitten. „Was ist das?" „Ich kenne es. Leo und ich.
Wo habt ihr eingekauft?" „Wir waren in der Mall,
nicht länger als eine halbe Stunde. Nein, aufgefallen ist
mir niemand. Ein blaues Auto? Könnte sein ja.
Ja doch es hatte ein seltsam intensives Blau. Ich sah es im
Rückspiegel als ich ausparkte. Es erinnerte mich an
etwas, ich kann aber noch nicht genau sagen an was,
der Zettel war in dem Moment vordergründiger.
Eagle wusste sofort was er bedeutet und lässt mich
nochmal die Bitte aussprechen,
Yasmeen möge bald zu ihm kommen."

Kapitel 4 - Die vom Kusse noch ganz geschwollen

Wir hatten uns am Vortag die schwarzen Klamotten auf die Stühle gelegt. Wir hatten keine Möglichkeit sie zu waschen. Sie rochen säuerlich und nach Haarspray. Auch diese Nacht kein Anruf. Leo kam gestern, nur kurz, fragte uns ob alle in Ordnung seien und nahm den Zettel von der Windschutzscheibe in Empfang. Das Labor würde sich darum kümmern. Wir alle konnten nicht schlafen, schauten Wrestling und schäbige Cartoons. Wir hätten den heutigen Tag gerne übersprungen und doch konnten wir das Sonnenlicht nicht erwarten. Wir holten unsere Instrumente, gingen der Reihe nach in die Dusche. Nat und Jonah saßen davor, der erste Stock war eigentlich noch Tabu. Du trägst einen schwarzen Rollpullover und einen schwarzen Rock. Deine feuchten Haare kringeln sich und färben sich dunkler. Ich mag deine Frisur, ich mag dich. Carol fühlte sich sichtlich unwohl in ihrem schwarzen Kleid, sehr viel Spitze, mehr Abend- als Trauerkleid, darüber eine schwarze Strickjacke. Eine schwarze Jeans und eine schwarze Bluse milderten nicht gerade meine blasse Gesichtsfarbe, der schwarze Mantel rief förmlich nach spitzen Eckzähnen. Wir alle fühlten uns verkleidet. Selbst der Himmel trug heute grau, schob Wolke an Wolke und ließ Krähen kreisen. Nat und Vincent blieben hier. „Du siehst gut aus, darf ich das heute überhaupt sagen? Schwarz steht dir." Carol verdrehte die Augen. „Könnt ihr euch nicht einmal heute zurückhalten! Es ist Kirks Tag. Ihr seid nur

Statisten." Ich konnte ihr nicht einmal widersprechen.
Leo kam spät. „Entschuldigt, ich musste Stacy noch
vom Busbahnhof abholen. Ihr seht gut aus. Ich? Naja,
das Hemd und das Sakko spannen schon ein wenig.
Darf ich vorstellen, das ist Stacy meine Tochter.
Ihr beiden kennt euch ja..." Ich bemerkte deinen Blick,
einen Augenblick nur wurde ich eine Fremde und das
ganze Unterfangen zurückzukommen, gebraucht zu
werden, verkam zu einem Hirngespinst. Leo schien
meinen Gedanken zu lesen, er half mir mit den
Instrumenten. Er hatte sogar sein Büro verschwinden
lassen. Er versuchte mich mit Neuigkeiten abzulenken,
während du dich mit Stacy angeregt unterhieltst.
„Da sollen wir alle Platz haben? Ich zu den beiden
Turteltäubchen nach hinten? Im Leben nicht."
Carol setzte sich ins Büro, du und Stacy und ich
quetschten uns auf den Rücksitz. Ich saß hinter Leo,
du in der Mitte. Bis zum Friedhof wurden alte und neue
Geschichten getauscht. Carol spielte immer
wieder am Lautstärkeregler des Radios, den Leo genervt
in seine Ausgangsposition zurückdrehte. Er atmete tief
aus, als er uns die Türen öffnete. Die Hinteren ließen sich
nicht von innen öffnen. Die Parkplätze waren voll,
auch die Presse und das Fernsehen waren da.
Unter Blitzlichtern drängten sie uns in die Kirche,
Leo versuchte sie irgendwie zu bändigen, auch andere
Polizisten schoben sie dann aus dem Kirchenraum.
Wir hielten unsere Instrumente schützend vor uns.
Du gingst mit Carol, ich mit Stacy, die kaum ein Wort
mit mir wechselte, aber immer wieder auf meinen Koffer

schielte. Leo ging hinter uns. Im Altarraum lag Kirk
im wohl teuersten Sarg der Stadt. Der Deckel geöffnet.
Einige Menschen nahmen schon Abschied. Weinten,
schluchzten, berührten und küssten den kalten
Menschen darin, die Jüngeren wohl aus Neugier,
wie sich so ein Toter wohl anfühlt? Aus einem
Kassettenplayer ertönte ein Lied von Billy Joel,
die Kassette leierte schon etwas. Bevor wir uns
hinsetzten nahm uns der Pastor in Empfang.
Derselbe traurige Gesichtsausdruck wie bei dem
Vorgespräch und derselbe feuchte Händedruck.
In unserer Reihe saß auch dein Mutter. Sie trug eine
Sonnenbrille, ihre blonden Haare zu einem strengen
Haarknoten gebunden. Sie wollte Euch umarmen,
doch ihr wähltet gleich den Weg zum Sarg.
Carol voran. Als sie vor ihm stand, begann sie zu
schwanken, du hieltst ihre Hand. Ihr streichelt ihm
beide über das glänzende Haar. Du küsst ihm die Stirn
dann setzt ihr euch in die Reihe,
lasst einige Plätze zwischen euch und eurer Mutter frei.
Stacy machte ein schnelles Kreuzzeichen und setzte sich
neben dich. Kirks Haut glänzte ähnlich unnatürlich wie
sein Haar und er roch intensiv nach einem Rasierwasser,
wie es eigentlich alte Männer trugen, aber es sollte wohl
nur seinen natürlichen Geruch überdecken. Ich hatte
das Gefühl, ich stand schon zu lange vor ihm, starrend,
erstarrend, wusste nicht was ich denken oder sagen soll,
der Abschied fand schon vor alledem statt.
Ich bekreuzigte mich, es bekreuzigte mich, ich tat es

schon ewig nicht mehr, es fühlte sich vertraut und richtig
an. Es blieb nur mehr der Platz zwischen Stacy und
deiner Mutter. Sie versuchte mich anzulächeln, ich tat
es ihr gleich, es blieb bei einem Versuch, einem Lippen-
strich im Gesicht. Die Orgel zog an unseren Körpern,
wir standen auf, die Leute die an die Gesangsbücher
dachten, sangen mit, wir steckten wie Stöcke im selben
Erdboden, regungslos, stumm. Dann begann der Pastor
mit seiner Rede, es dauerte alles viel zu lange,
Deine Mutter verbrauchte Taschentuch um Taschentuch, irgendwann bat sie mich um eines. Am Ende bat
der Pastor jene an den Ambo, die noch Abschiedsworte
nach außen stülpen wollten. Niemand ging nach vorne.
Dann durften wir nach oben. Man stellte uns zwei Stühle
neben Kirks Sarg und wir spielten das, was wir am
Vortag übten. Doch es klang anders, wir verspielten uns,
Kleinigkeiten nur, die den anderen ins Schwanken
brachte, wir glichen einander aus, aber es wurde kein
Fluss, zwei Bäche die nebeneinander flossen.
Während wir spielten, schlossen sie den Deckel und
einige, vor allem ältere Herren, griffen den Sarg und
trugen ihn in den Kirchenflur, wo sich nun die Gäste
hinter ihm aufreihten. Die Familie zuerst, du saßt noch
bei mir, spieltest und wolltest nicht enden.
Carol blickte schon zu mir, auch ihre Mutter,
dann bewegte sich die Schlange hinaus. Die Orgel
übernahm. Irgendwann waren alle draußen. Erst dann
legtest du die Gitarre zur Seite. „Kannst du mich
halten? Bitte, ich kann das sonst nicht." Ich umarme
dich. Du zitterst. Ich halte deine Hand, so gingen wir

nach draußen. Sie standen schon alle am Grab.

Die Fotografen hatten nun ihre Chance.

„Bitte, lass uns gehen. Kirk wird mir nicht böse sein,
ich war die Erste die ihn verabschiedete, ich muss nicht
auch noch die Letzte sein." Wir verließen den
Kirchenplatz, gingen hinauf zum Highway.

„Hast du Hunger? Ich lad dich ein. Ein Burger?"

Wir gingen schneller, dann liefen wir, in das Diner mit
den Kinoaufstellern. „Warte, mein Schuhband,
boah jedes mal die linke Seite. Binde ich die Seite etwa
anders...?"

Im Diner roch es vertraut, wir waren die einzigen Gäste.

„Ihr seid heute aber schick, gibt's was zu feiern?"

„Das Leben. Das Leben..."

Meine Lippen,

die vom Küssen noch ganz geschwollen,

möchten schweigen,

damit sie die Süße nicht verlieren,

die auf ihnen abgelegt.

Kapitel 5 - Am Himmel schon Tänze

„Ihr könnt doch nicht einfach verschwinden!
Himmel wir haben uns Sorgen gemacht, allesamt!
Niemand wusste wo ihr seid. Es hätte sonst was sein
können. Könnt ihr euch das Chaos vorstellen, als ihr
nicht bei der Bestattung wart? Und ihr sitzt seelenruhig
im Diner, während meine Kollegen und ich am Rad
drehen. Deine Mutter und deine Schwester inklusive.
Mann, Mann, Mann. Aber gut, ihr seid in Ordnung.
Herrgott ich möchte nicht wissen, was die Presse
morgen titelt. Durchatmen Leo, durchatmen."
Wir wussten, dass uns Ärger blüht. Aber der kurze
Moment Freiheit, der für eine Stunde die Zeit anhielt
und uns wieder zu Jugendliche machte, mit all ihren
Dummheiten, war mit keinem Geld der Welt
aufzuwiegen. Die zwei Bäche wurden wieder Fluss
und dieser war nun reißender als zuvor.
Leo fuhr kopfschüttelnd davon.

Carol verdrehte die Augen, kraulte Jonah den Rücken
und ignorierte unsere Anwesenheit. „Naja jetzt seid ihr
ja wieder da, zum Glück ist nichts passiert. Ruft halt
das nächste Mal kurz durch, Vincent und Woo sind
bestimmt da, ich hoffe natürlich, dass es kein nächstes
Mal gibt, denn wir hatten Glück, großes Glück. Ich kann
mir gut vorstellen, dass der Täter bei der Beerdigung
war, die Trauer die er brachte, ist sein Triumph und den
Triumph möchte er auskosten. Es kamen nur Anfragen
zu Reservierungen, sonst stand das Telefon still. Ist euch

irgendwas aufgefallen, vielleicht sogar das blaue Auto?
Nicht schlimm. Ach ja, die Beerdigung von Andy ist am
Mittwoch."
Es klopfte an die Tür. „Hi, ich wollte dir, also euch mein
Beileid wünschen. Die Beerdigung hab ich verschlafen,
aber ich hatte mir die Sachen schon rausgelegt. Sorry."
Lenny von dem Plattenladen stand mit einem
verknitterten Anzug, der ihm zwei Nummern zu groß
war und einer schwarzen Rose vor uns. „ Danke dass du
vorbeischaust, das ist lieb. Dir auch unser Beileid,
das mit Andy ist..." „Schrecklich, ich weiß, das sagen
alle, aber die Wenigsten kannten ihn. Du bist eine
Ausnahme, warst ja auch seine einzige Freundin, er hat
oft von dir erzählt." „Magst du reinkommen? Darf er?"
Nat nickte und reichte ihm auch die Hand. Wir setzten
uns an einen der an die Seite gerückten Tische,
Woo brachte jeden von uns eine Coke. Auch Carol
setzte sich dazu. „Weißt du, ich weiß gar nicht was jetzt
werden soll. Ich bin doch alleine völlig mit dem Laden
überfordert, Andy hat die Buchhaltung gemacht,
ich kann dir die Diskographie von Pink Floyd und den
Stones inkl. Live-Bootlegs im Schlaf herunterbeten,
aber frag mich nicht nach den Einnahmen der letzten
paar Monate. Ich kann nichts anderes als Platten
verkaufen und möchte meine Lehrer und meinem Dad
nicht bestätigen, dass ich zu nichts zu gebrauchen bin.
Ich war noch nie hier im Hotel. Immer nur daran
vorbeigegangen. Leisten kann ich's mir eh nicht.
Ach ja, ich fand das hier heute in meinem Briefkasten
und ich hab etliche davon heute an Briefkästen,

Autos und Laternenmasten kleben sehen, auch an eurer Tür..." Er reichte Nat ein kleines schwarzes Dreieck aus Papier. Vince und Nat sprangen auf und rannten vor die Tür. Am Rahmen klebte dasselbe Dreieck

„Das gibt's doch nicht. Leute, habt ihr nichts bemerkt?" Die Wachmänner kamen um die Ecke des Hauses und wunderten sich über das Papierdreieck. „Das kann dort noch nicht lange kleben, das wär uns aufgefallen..."

„Sicher?" Sie schwiegen und schauten verlegen zu Boden, wie Kinder die man bei einer Lüge ertappt hatte. „Gebt Leo Bescheid, in der ganzen Stadt müssten diese Dreiecke sein...macht schnell!" „Ist das was Ernstes? Ich meine, vielleicht ist das ein Werbegag für irgendeinen neuen Film." „Schön wär's. Danke dir. Ich glaube es wäre jetzt gut, wenn du gehst, wo wohnst du gerade?" „In einer kleinen Bude hinter der Mall, nicht schön aber günstig und nicht weit vom Laden entfernt." „Alleine?" „Seh ich so aus, als ob ich eine Familie hätte? Ja alleine." Nat besprach sich leise mit Vince. „Ihr kennt euch? Kommt ihr miteinander klar? Meint ihr, Lenny könnte ein paar Nächte hier bei euch verbringen? Oder kannst du vorübergehend zu deinen Eltern?" „Zu meinem Dad? Nein bestimmt nicht. Meine Ma ist schon lange tot und Geschwister hab ich keine. Ich weiß nicht, das kommt ein wenig plötzlich, darf ich noch ein paar Sachen packen, der Anzug ist nicht gerade bequem." „Ist das für euch in Ordnung?" Du nickst. „Klar, kannst jetzt doch eine Nacht in dem Hotel verbringen..." „Aber du schläfst nicht neben mir! Und Jonah bleibt auf meiner Seite!"

Eine halbe Stunde später kam Leo. Er fuhr mit Lenny
nach Hause und brachte ihn kurze Zeit später zurück.
„Was schaut ihr so. Die Platten müssen mit. Ey, die kann
ich nicht alleine zurücklassen, das sind meine Babys.
Habt ihr einen sicheren Platz wo ich die abstellen kann?
Beim Plattenspieler, klingt logisch, naja, da hab ich sie
zumindest im Blickfeld. Hat jemand Lust auf Dungeons
& Dragons, hab's mal mitgenommen."
Carol war gleich Feuer und Flamme.
„Bin dabei! Ich bin aber der Master, ok?"

„Ich lass die Dreiecke gerade überall entfernen und sie
ins Labor geben. Es ist zumindest dasselbe Papier,
welches T-Bone an der Windschutzscheibe vorfand,
also meiner bescheidenen Meinung nach. Irgendjemand
führt uns mit einem Finger in der Nase durch die ganze
Stadt. Seht her, die blöde Polizei...immer ein paar
Schritte hinter mir. Zum Kotzen ist das. Gut, dass Lenny
hier bleiben kann, eigentlich müssten wir langsam die
ganze Stadt hier versammeln. Jeder ist potentielles
Opfer. Jeder ist Teil dieses Spiels...Apropos, das hab
ich früher auch mit Stacy gespielt, die hat das geliebt.
Stacy? Sie ist in einem Hotel außerhalb der Stadt, das ist
sicherer. Sie hätte sich gerne noch von dir verabschiedet
Kristin, ich kann dir ja ihre Nummer geben, dann könnt
ihr ja nochmal reden, zu reden gibt es ja Vieles."

Am Himmel schon Tänze,
doch sie tanzen ohne uns,
verspätet nicht die Sterne,
nur der Mond,
der sich erneuern muss,
da der Alte nicht mehr zurück ins Leben fand,
zerschellt am müden Erdenrand,
der gähnte und alles Lose zu sich zog.

Kapitel 6 - Fordern mich zu später Stund'

Wir spielten bis tief in die Nacht. Sogar Nat und Vince
wurden Teil der Kampagne die sich durch dunkle
Verließe schlug. Wir mussten dann unsere Matratzen um
eins weiter nach links rücken, da Carol nun doch einen
Gesprächspartner fand, der sich mit ihr über Fantasy-
romane und Filme austauschen konnte. Jonah sollte
trotzdem bei ihr bleiben. Nat ärgerte sich ob der Zeit,
die sie mit dem Spiel verbrachte, denn der Tag würde
sie in ein paar Stunden nicht mehr nach ihrem Schlaf
fragen, er würde Kräfte und Aufmerksamkeit fordern,
ob vorhanden oder nicht. Als Lenny und Carol endlich
verstummten, rücktest du an meine Brust und schliefst
einige Atemzüge weiter ein.
Schwarze Schmetterlinge flatterten um mich. Einer setzte
sich sogar auf meinen Finger, als ich ihn näher
betrachtete waren es nur sich zwei berührende Dreiecke.
Einer zog an meinen Schuhbändern und brachte mich
zum Stolpern. Ich musste lachen. Anscheinend auch
außerhalb dieses Traumes. „Alles ok bei dir? Du hast
gelacht...nicht laut, aber laut genug, dass ich es hören
konnte." Da diese Nacht wieder kein Anruf kam,
blieben wir länger in unseren Träumen, die heute wirr
waren und verstörend. Es ging nicht nur mir so.
Beim Frühstück erzählte jeder, woran er sich noch
erinnern konnte. Auch Lenny träumte von den
Dreiecken. Was uns allen eine Gänsehaut bescherte.
Die Sonne schien heute aufdringlich hell, sie bescherte
mir Kopfschmerzen, die sich auch mit einer Tablette

nicht zurückdrängen ließen. „Wollen wir heute alle mal hinausgehen? Ich meine, in einer Gruppe kann er uns doch nicht gefährlich werden, Nat kommt mit Jonah mit, sorry Vince und wir können hier mal aus dem Käfig. Was sagst du Nat? Vince?" „Die Idee klingt gut Carol, ich frag Leo."

Wir zogen uns an. Lenny stand währenddessen bei Vince und ließ sich die Technik der Fangschaltung erklären. Nat funkte Leo aus dem Polizeiwagen an, der vor der Türe stand. „Geht klar. Wir müssen zusammenbleiben. Keiner schert aus, hörst du Kristin!" Du rollst mit den Augen, gibst aber dein Versprechen. „Wir gehen runter zu Eagle. Dann kannst du auch mit ihm sprechen, Yasmeen und wir gönnen uns ein Stück Kuchen, hab gehört, dort soll es den Besten der Stadt geben?"

„Den gibt's bei uns. Also wenn wir Woos Schwester ganz lieb fragen, wird dein Geldbeutel geschont..."

Die frische Luft tat gut, auch wenn das Licht schmerzte. Da wir die ältesten der Gruppe waren, machten wir das Schlusslicht. Carol und Lenny quasselten ohne Punkt. Nat ging mit Jonah voran, der mir fast ein wenig Leid tat, da Carols Aufmerksamkeit nun auf einen anderen gerichtet war. Wir entdeckten auf dem Weg immer wieder eines dieser Dreiecke, mal am Boden, mal auf einer Bank, auf einem Nummernschild, auf einem Brief-kasten... „Ich dachte Leo hätte sie entfernen lassen..." Auch am Museum klebten einige, am auffälligsten beim Häuptling, seine beiden Augen waren jeweils von einem bedeckt. „Ist mir gar nicht aufgefallen. Lang können die noch nicht da sein. Bone hast du die bemerkt? Yasmeen hast du einen Moment?" Nat nickte und ging mit den anderen in den Souvenirshop. „Ich wusste nicht, dass es so ein Aufwand ist, einmal ein paar Minuten mit dir sprechen zu können. Komm." Wir gingen in Eagles Haus. „Kaffee? Du hast Kopfschmerzen? Also Kaffee. Bone machst du uns einen? Danke. Hör gut zu. Wir müssen das Tor wieder schließen. Jemand hat es geöffnet und so lange es offen steht, wird es mehr Opfer geben. Es ist derselbe Ungeist, der damals auf deinen Großvater schoss und das Beben hier verursachte. Er wählt nicht wahllos, nie ziellos. Jene die es trifft, lösen die größtmögliche Kettenreaktion aus, die Geschichte ist voller Beispiele, unsere Stadt erzählt eines davon. Wir müssen wieder auf das Feld, bevor noch mehr passiert. Leo wird jemanden festnehmen, er wird sich an nichts erinnern, man wird ihn in eine Psychiatrie stecken und in ein paar Jahren fängt es wieder an. Soll ich mit der Polizistin reden? Gut." Der Kaffee half, mein Kopf brummte nicht mehr, es blieb ein dumpfes Rauschen. Eagle sprach kurz mit Nat, die meinte sie müsse dies mit Leo abklären, bis dahin bliebe ich weiter im Hotel. Eagle schnaubte. „Was weiß Leo schon. Aber gut macht das." Ich fragte ob ich dich mitbringen durfte. „Nein. Drei. Keiner mehr." Als wir zurückgingen entdeckten wir weitere Dreiecke, vielleicht lag es an der veränderten Perspektive, vielleicht waren es aber auch Neue. Nat bat uns ihr zu helfen und jene, die wir sahen zu entfernen und in den Plastikbeutel zu geben, den sie bei sich hatte. „Was hat er gesagt? Ja, das klingt typisch nach Eagle.

Gehst du hin? Wirklich? Das klingt schon sehr weird.
Aber du wirst schon wissen, was du tust. Pass auf dich
auf. Ich möchte nicht noch einen Menschen verlieren,
den ich..." Du nimmst meine Hand und küsst sie, es
bleibt unbemerkt, das Ende hat keine Beobachter.
Ein Schmetterling flattert vor unserem Gesicht,
ein Zitronenfalter. Wir lächeln.

Ein Lächeln
fordert mich zu später Stund',
es hatte mich schon erwartet,
ich stand zu fern für tiefe Worte,
ein Lächeln ist's, was jetzt für mich spricht.

Kapitel 7 - Wo Herbste lauern

Wir wollten nicht hinein, ausbrechen, ein zweites Mal.
Wir sein, ohne Augen, ohne den metallischen Geruch
eines Käfigs, nicht zusammenfahren, wenn es an der Tür
klopfte, das Telefon klingelte oder Leo vorfuhr.
Der Sommer begann zu rennen, der Herbst schon dicht
hinter ihm. Das Laub färbte sich, wurde trockner und
wir leiser. Ich wollte noch kein Teil davon sein, den
Sommer den wir lebten, welkte hinein in eine dumpfe
Erinnerung. Wir hofften auf den erlösenden Anruf,
auf die erlösende Nachricht, der Täter sei gefasst und es
sei das Ende seiner blutigen Geschichte. Ich spreche im
Wir. Ob du es tatsächlich auch so fühlst, doch,
ich bin mir sicher. Da wir kaum darüber sprechen,
die Geschichte walten lassen und in ihr das Stückchen
Gefühl suchen, das für uns übrig gelassen wurde,
dürfen wir mehr sein, als all dies, was immer ein
Argument hervorbringt um an der Welt zu verzweifeln.
Wir waren gerade beim Abendessen als es an der Tür
klopfte. Vincent öffnete. Deine Mutter. „Ich wollte mich
nur verabschieden..." Du gingst zur Tür, Carol blieb
hinter dir. Ihr saht euch lange an. Deine Mutter wagte
einen Schritt nach vorne, zog ihn sofort zurück und
drehte sich um. Carol lief zu ihr und umarmte sie.
Deine Mutter küsste ihr den Kopf, dann riss sich Carol
wieder los. Sie stieg in den
bunten Bully und fuhr davon.
Ihr kamt zurück an den Tisch,
wir sprachen kaum etwas. Jonah winselte um ein paar

Reste, die Aufmerksamkeit aller lag plötzlich bei ihm und langsam kehrten die Worte.

Gerade als wir den Tisch abräumten, klopfte es erneut. Diesmal war es Leo. „Diese schwarzen Dinger wuchern wie Unkraut oder Windpocken, ständig sehe ich Neue. Der Typ gibt sich echt Mühe, fragt mich nicht, was es zu bedeuten hat. Nat du wolltest mich noch etwas fragen. Yasmeen zu Eagle, puh ich weiß echt nicht. Klar es sind zwei Erwachsene, aber das sind auch nicht mehr die Jüngsten, ist es wirklich so dringend? Meldet euch wenn ihr losfahrt und wenn ihr wieder da seid. Gut, dann soll's so sein. Kristin darf nicht mit? Eagle mit seiner Geheimniskrämerei. Der Kollege hat inzwischen das Foto mit seiner Tochter nachgestellt, es könnte tatsächlich das Messer sein. Aber das ist nur eine Spielerei, wir wissen, dass es die Tatwaffe war und das genügt vorerst.

Morgen haben wir den Durchsuchungsbeschluss für den Schuppen der Meyers. Ich hoffe bis dahin ist es nicht zu spät. Der Löwe hat mächtige Freunde, die wissen wie man Balken gezielt zwischen die Beine wirft. Aber er hat natürlich auch ein Interesse an der zügigen Aufklärung des Falls, der Ruf der Stadt frisst sich durch die Medien, das Interesse hier sesshaft zu werden, für Firmen oder Bewohner, wird dadurch nicht gefördert. Nur, wenn alle Spuren auf ihn deuten, da zeigt der Löwe Krallen.

Gut das war's auch schon. Ah Kristin, hier die Nummer von Stacy, sie freut sich auf deinen Anruf." Er ließ Nathalie noch eine Mappe mit Unterlagen da und fuhr eilig davon. Du schenktest dem Zettel wenig

Beachtung, stecktest ihn in die Hosentasche und versuchtest zu Lächeln. Ich ging mit dir ins Badezimmer. „Ach nichts ist in Ordnung, das mit meiner Mutter nervt mich. Ihr Besuch, ihr Abschied, Carol...was hat sie erwartet, sie hat nicht mal nachgefragt, als wir verschwunden waren, ob wir wieder da sind. Außerdem bekomm ich langsam einen Lagerkoller und Stacy...ja ich fand sie mal toll, richtig toll. Hab es ihr nie gesagt, hab ich dir das nicht schon einmal erzählt? Das Treffen, klar man hat sich viel zu erzählen, aber das erinnert mich an Zeiten, an die ich mich nicht mehr erinnern möchte und das ist das Einzige was uns verbindet, ich möchte das nicht mehr vertiefen und ihr jetziges Leben, ganz ehrlich, interessiert mich nicht. Es ist soweit von meinem entfernt..." In dem Moment zerreisst du den Zettel und gibst ihn in die Toilette. „Ciao Stacy..." Und spülst.

Wo Herbste lauern,
ist noch ein Sommer,
lass ihn uns noch feiern,
ehe er ein Gestern wird,
wie so viele vor ihm,
die ungefährlich,
Vergangenes zitieren.

Kapitel 8 - Wölfe und ein Löwenkind

Heute begannen wir früher mit D&D, damit die Nacht
nicht so kurz wurde. Ich war gerade beim Würfeln,
als das Telefon klingelte. Das Geräusch durchfuhr jeden.
„Ist er das?" Lenny wurde ganz blass. Du eiltest ans
Telefon, stießt dabei an den Tisch, was einige Figuren ins
Wanken brachte. Vince gab ein Zeichen, dann hobst du
ab. Er war es. Wieder das wortlose Atmen,
dieser unwirkliche Raum, der sich öffnete, der nah war
und doch nicht greifbar. Plötzlich sprang Lenny auf und
brüllte in den Hörer. „Wer bist du, du Arschloch?"
Nat versuchte ihn irgendwie vom Empfang
wegzuzerren. Da durchbrach eine Stimme die Stille.
„Gustav Meyer..." Dann legte er auf. „Hat er das
tatsächlich gerade gesagt? Hat er seinen Namen
genannt?" Nat lachte ungläubig... „Das kann doch nicht
sein. Ruf Leo an, der soll das prüfen. Entweder war das
ein schlechter Scherz..." „Oder die Wahrheit..."
„Habt ihr den Typen nie gefragt, das ist doch die erste
Frage, wenn ich ans Telefon gehe: Hallo, wer ist da?"
„Schon gut Lenny. Wir überprüfen das jetzt. Kennst du
einen Gustav Meyer?" „Nein, keine Ahnung..."
„Doch ich kenn einen...es ist der Sohn des
Bürgermeisters, er ging mit Kirk in die Klasse,
musste dann glaub ich die Schule wechseln,
warum weiß ich nicht. Also wenn das stimmt...dann..."
„Kristin, wir bleiben jetzt alle ruhig. Vincent versucht
schon Leo zu erreichen. Dann sehen wir weiter."

Es dauerte, wie man so schön sagt, eine halbe Ewigkeit,
bis Leo vor der Tür stand. Er kam nicht alleine,
die Streifenwagen jagten am Hotel vorbei, hinauf zum
Anwesen der Meyers. „Es ist nicht zu fassen,
entweder schiebt er es dem Meyer Sohn in die Schuhe,
oder er war es selbst, dann zweifle ich echt an seinem
Verstand und an unserem. Ihr sperrt hier ab,
es bleiben jetzt zusätzlich noch ein paar Kollegen bei
euch am Hotel und wenn er dort oben im Anwesen ist,
dann kriegen wir ihn, bei Gefahr im Verzug, brauch ich
kein Schreiben von irgendwem. Vincent, konntest du die
Nummer zurückverfolgen? Hast du schon angerufen?
Ging niemand ran, ok. Ich lass es vom Office aus
nochmal prüfen. Danke dir."

Wir lehnten am Fenster, jeder versuchte irgendwas
besonderes durch die Sprossen zu erhaschen.
Der Lieferwagen des Journalisten schlich die Straße
aufwärts, wurde aber schnell von den Polizisten vor
unserer Tür zurückgepfiffen.
Er versuchte zu diskutieren, erfolglos.
Jeder von uns hatte eine Meinung und die Nervosität
ließ den Raum vibrieren. Selbst Jonah lief auf und ab,
wahrscheinlich weil er unsere Unruhe spürte.
Vincent telefonierte mit dem Office, versuchte von
dort aus, auf dem aktuellen Stand zu bleiben.
Es dauerte bis Tagesanbruch, bis erste Streifenwägen den
Rückweg einschlugen. Im letzten saß Leo, er machte bei
uns Halt und stieg erschöpft aus. „Und? Habt ihr ihn?"
„Schön wär's. Aber er ist der Täter und er war Zuhause.

Das Auto stand im Schuppen, dort hat er es auch umlackiert. Er kam die letzten Wochen wohl überraschend zu Besuch, Mr. Meyer hatte nicht damit gerechnet. Was sein Sohn beruflich tat, konnte er uns gar nicht sagen. Überhaupt hatte er wenig Interesse, über die Vergangenheit seines Sohnes Auskunft zu geben. Aber da sehe ich keine Probleme, das werden wir herausfinden. Vor allem dort, wo verbissen geschwiegen wird, dort gibt es was zu finden. Gustav selbst war leider nicht Vorort. Wir haben das Haus auf den Kopf gestellt, nicht zu fassen, was der an Krempel auf dem Dachboden und im Keller hortet, dass ist dem Haus nicht anzusehen. Im Zimmer des Sohnes fanden wir zig Bögen des schwarzen Tonpapiers aber mehr auch nicht. Die Spurensicherung wird ihre Freude haben. Mr. Meyer drohte schon mit einer Flut an Anwälten und Anzeigen. Das wird dem Ruf seines Namens aber auch nicht viel helfen, zum Glück gibt es Meyer wie Sand am Meer, aber einen Gustav Meyer, wird man immer mit ihm in Verbindung bringen. Das ist das bittere Los der Eltern, wenn aus Löwen, Wölfe werden. Eine Hundestaffel ist angefordert, wir werden hier jeden Stein umdrehen, weit kann er nicht sein. Das Telefonat kam aus dem Haus der Meyers."Leo besprach noch ein paar Dinge mit Nat und Vince bevor auch er wieder auf den Highway einbog. Die Polizisten vor dem Hotel blieben.

Niemand fand Schlaf, oder noch einen Kopf um das Spiel fortzusetzen. Im TV liefen schon erste Meldungen und ein Fahndungsaufruf mit Gustavs Bild. Ich meinte

mich an seine Augen zu erinnern, auch wenn alles
andere seltsam fremd erschien. Du musstest dich
mehrmals übergeben, irgendwann schliefst du erschöpft
auf meiner Brust ein.

Zu keiner vollen Stunde kam ich,
zu keiner vollen Stunde ging ich,
was mir bleibt ist zählbar
und doch in Ewigkeit getränkt.
Wölfe und ein Löwenkind,
Erde um sich werfend,
erst war's ein Spiel,
dann wurde es Ernst,
ein Loch ist alles,
Grab, Verlust, Versteck.

Kapitel 9 - Die Stille stahl mir eine Geschichte

Schwarze Schmetterlinge bedecken die Stadt, kriechen
durch unsere Münder, färben unsere Herzen schwarz.
Sie schmecken süß, so süß, dass Kinder ihre Flügel
lecken, schwarze Zungen und der Blick nach oben,
ehe sie mit ihren Flügeln schlagen. Ich schreckte auf.
Alle außer mir waren wach. Die Sonne wanderte schon
durch den Flur. Du saßt am Tisch und bestrichst einen
Toast. Die Stimmung war gelöst. Sie reichten sich ein
Glas Reihum aus diesem floss eine schwarze Masse.
Alle trugen nur ihren rechten Schuh. Das Licht begann
zu zittern. Carol ging an die Tür und öffnete sie und
setzte sich zurück an ihren Platz. Dann kamen die
Schmetterlinge, erst wenige, dann so viele, dass sie den
Raum verdunkelten. Ein dichtes Gewimmel aus
schwarzen Dreiecken, das Gefühl zu ersticken,
ich huste...
„Alles gut bei dir?" Du streichelst meine Wange.
Du liegst neben mir, Vince schnarchte, Nat saß am
Telefon und las wohl in der dicken Mappe. Draußen
sangen schon die Vögel. „Schlecht geträumt?"
Ich nickte...Du küsst meine Stirn. „Vielleicht hilft es
und die Bilder verschwinden." Vielleicht. Du hältst mich,
diesmal lieg ich auf deiner Brust. Dein Herz schlägt
langsam, für mich ist es der schönste Ort, der auf keiner
Karte eingezeichnet ist. Der Fernseher lief noch immer,
der Ton kaum zu vernehmen. Die Bilder genügten.
Präsidenten die aus Flugzeugen stiegen, ein Papst der
jemanden die Hand schüttelte. Ein Unfall, eine Messer-

stecherei, Sport, ein roter Teppich und schöne Menschen, das Wetter, ein Balken mit Aktienwerten. Wir waren aus den News verschwunden, andere sind nachgerückt. Deine Hände wanderten und streichelten, ich schloss die Augen und ergab mich ihren Berührungen, die so anders waren, als männliche, die forderten, immer wieder forderten. Es klopfte wieder an der Tür, du zogst deine Hände zurück. Nat stand auf und entriegelte die Tür.
„Ich weiß es ist noch früh. Kann ich reinkommen?"
Leo schlich zu Nat an den Empfang. Wir kamen dazu.
„Ihr seid auch schon wach? Ruht euch doch noch ein bisschen aus. Es gibt nichts Neues, ich wollte nur Nat um etwas bitten. Vielleicht können wir mit Jonah nochmal in den Wald, ich hab da so eine Ahnung. Ja, jetzt. Noch sind die Suchtrupps auf dem Weg. Soll ich Vincent wecken?" „Bin schon wach...ich halte die Stellung." „Ich dachte du schnarchst noch?"
„Ich? Ich schnarche doch nicht, das war bestimmt Lenny. Passt auf euch auf. Komm Jonah...ja braver Kerl. Vergesst das Funkgerät nicht." Nat ging noch mal auf Toilette, nahm einen Schluck Cola, zog sich ihre rote Jacke über und ging mit Leo und Jonah, vor die Tür. Der Himmel sandte einen sanften Boten im rotblauen Overoll. Wir blickten den beiden nach. Ihr Atem schlug schon kleine Wolken. Du meintest später, du hattest auch ein eher seltsames Gefühl. Sie sprachen noch mit den Wachen und gingen hinab zum alten Reservat. Vince war nur am Gähnen, von wegen wach, aber das Schnarchen hatte mit seinem Wachsein geendet.
Wir deckten leise den Frühstückstisch, so leise, wie so

etwas halt möglich war. Irgendwann kam Woo,
irgendwann stand Carol neben uns, Lenny schlief und
schlief, unter seinem Mundwinkel breitete sich ein
feuchter Fleck aus. Lautlos fuhren die Polizeiwägen mit
Blaulicht den Hügel zum Meyer Anwesen hinauf.
Drei, vier, fünf, sechs, der Letzte war ein Kastenwagen
und wir hörten ein dumpfes Kläffen. Die Spürhunde.
Jonahs Kollegen. Kurze Zeit später, startete der
Journalist einen erneuten Versuch mit seinem Wagen
nachzuschleichen, wieder vergeblich. Der Ton der
Polizisten wurde rauer. Du musstest grinsen:
„Zäh ist er, das muss man ihm lassen."
Als uns Woo Rühreier mit Speck servierte, öffnete sich
die Tür. „Habt ihr vergessen abzuschließen?
Mann, Mann, Mann." Leo und Nat kamen erschöpft zur
Tür hinein. „Jaaa Jonah, gerade rechtzeitig zum
Frühstück gell, du hast es gewusst." „Kaffee?"
Sie setzten sich an den Tisch und begannen zu erzählen.
„Ich hatte so eine Ahnung. Wir gingen in den Wald,
wo wir schon vor ein paar Tagen waren. Jonah schlug
sofort an, ich hatte ein T-Shirt von Gustav eingeschoben.
Wir waren schon tief im Wald, als wir ihn sitzen sahen.
Den Kopf auf die Knie gestützt, er blickte erst auf,
als wir vor ihm standen. Sein Augen sahen etwas
anderes, aber nicht uns, er blickte durch uns hindurch.
Da begann Jonah zu knurren, stellte sein Fell und seinen
Schwanz auf. Aber er knurrte nicht Gustav an,
sondern etwas was hinter uns war. Wir drehten uns um,
etwas Weißes huschte von Baum zu Baum.
Diesen Moment machte er sich zu Nutze und lief.

Er lief wie ein Kaninchen, zickzack, dann verschwand
er in dem schwarzen Tipi, das plötzlich zwischen den
Bäumen stand. Wir versuchten wieder
hineinzukommen. Es bedurfte 3 oder 4 Umrundungen,
dann war dort die Öffnung. Jonah knurrte und
kläffte, ganz hoch, ich wusste gar nicht, dass er diese
Töne treffen kann. Wir öffneten das Zelt, Jonah lief
hinein, ich leuchtete hinein. Nichts. Nur ein paar
Schmetterlinge, oder Motten flogen ins Freie. Das war's.
Ich kann's nicht erklären. Kannst du es Nat?
Man wird es uns nicht glauben. Ich werde mit der
Hundestaffel gleich nochmal dorthin gehen.
Vielleicht haben wir mehr Glück..."

Die Stille nahm mir eine Geschichte,
eine, die ich nicht zu erzählen wagte,
sag mir, dass ich träume
und du denselben Traum mit mir träumst,
damit wir einander wiederfinden,
wenn das Licht seine Wege zieht.

Kapitel 10 - In den Wäldern, früher Winter, bunt

T-Bone kam am Nachmittag, Nat grummelte aber
abgemacht, war abgemacht. Er lieh sich das Auto von
dir, dann holten wir Eagle und fuhren auf das Feld
außerhalb der Stadt. Während der Fahrt erzählte ich ihm
von dem Tipi und dem Verschwinden Gustavs.
„Gustav wird man finden, heute, morgen, vielleicht auch
erst in einem Jahr. Wir müssen das Tor schließen,
bevor er ein anderes Gesicht wählt." Immer wieder
fuhren Streifenwägen an uns vorbei, auch ein
Krankenwagen. Nach dem Ortsschild wurde es leiser.
Dort wo der Teich war, standen nun Bagger und
Kieslaster, auch die Bäume die den Teich rahmten,
hatte man entfernt. Als wir ausstiegen wehte ein ähnlich
samtweicher Wind, wie bei unserem ersten Besuch.
Wir setzten uns im Dreieck auf die Steine. Eagle zündete
seine Flötenpfeife, oder wie man es auch nennen mag,
an und reichte sie Reihum. Auch diesmal blieb mein
Hustenanfall nicht aus. „Wird noch Kind, wird noch."
Die Worte die Eagle dann sang, erzeugten Gänsehaut,
ich hatte so etwas noch nie gehört und ich spürte,
dass der Wind darauf reagierte. Er wurde stärker,
er wurde schwächer, einatmen, ausatmen, dann als der
Wind stark genug war, verstreute er etwas Tabak in jede
Windrichtung, nur eine nahm ihn auf und trug ihn
davon. Dann schraubte er die Pfeife wieder in ihre
Stücke. „Das war's. Ich danke dir Fischherz."
T-Bone schmunzelte und wir fuhren zurück.
Auf der Fahrt wechselten wir kaum Worte.

Eagle war eingeschlafen.

„Ihr seid schon wieder zurück? Das ging ja schnell.
Ah. Ok. Klar bring den Wagen später. Eagle soll sich
ausschlafen. Kleine Kinder schlafen auch im Auto am
besten." T-Bone fuhr zurück auf den Highway,
er wusste wohl, dass Eagle Zuhause keinen Schlaf fand.
Du umarmtest mich, vor allen und küsstest meine Stirn.
„Alles gut? Möchtest du es mir erzählen? Wie...das war
alles. Ok. Eagle weiß was er tut und es scheint wichtig
gewesen zu sein. Schön, dass du wieder da bist."
Gegen Mittag, kam auch Leo wieder. Sein Hemd
durchgeschwitzt, seine Anstrengung war zu riechen.
„Wir haben ihn. Wir haben ihn! Er hielt sich an einem
Baum fest, hatte ihn umarmt, wollte ihn nicht mehr
loslassen. Er stammelte irgendwas...keine Ahnung,
ich hab's nicht verstanden. Er weinte wie ein Kind als
wir ihn abführten. Er braucht wirklich Hilfe, leider
kommt die für alle Beteiligten und vor allem für Kirk
und Andy zu spät. Das Tipi war verschwunden.
Selbst Jonah wirkte irritiert. Wir haben den ganzen Wald
abgesucht, nichts. Hättest du es, Nat, nicht gesehen und
Jonah, ich müsste an meinem Verstand zweifeln.
Man wird uns, man wird ihm nicht glauben,
obwohl beide Seiten von der Wahrheit gekostet haben."
„Ist es jetzt vorbei?"

Wir öffneten die Fensterläden und während das Licht in den Raum und auf uns strömte, spürten wir, dass sich etwas verändert hatte. Ist es jetzt vorbei?

Niemand konnte dies beantworten. Nat und Vincent würden noch eine Nacht bleiben, zur Sicherheit.

Die Polizisten, welche das Hotel die letzten Nächte wie die Kaaba umkreisten, wurden wieder abgezogen.

Das Matratzenlager durfte noch eine Nacht sein, auch Lenny, weil es sich Carol wünschte.

Der erste offizielle Freigang führte uns zum Friedhof. Nur du und ich. Und Kirk.

Noch stand auf dem Grab ein normales Holzkreuz, der Stein würde die nächsten Tage folgen. Am Kreuz heftete das aufgefaltete Sterbebild mit Kirks Lächeln. Plötzlich war er wieder ganz nah. Viele Blumen, sogar ein Kranz und ein kleiner Keramikengel.

Du sprichst ein stummes Gebet, drückst dich an mich und ziehst ein blaues Spielzeugauto aus dem Mantel. „Um das hatten wir uns als Kinder geprügelt...verrückt oder?" Du stellst es zum Engel, der eine Schale in Händen hält. Darin schwimmt ein schwarzes Dreieck.

In den Wäldern, früher Winter, bunt,
die Stille nahm mir seine Geschichte,
Wölfe und ein Löwenkind,
dort wo Herbste lauern,
fordern mich zu später Stund'.
Am Himmel schon Tänze,
die vom Kusse noch ganz geschwollen,
ich süße sie mit Mündern,
als hätten sie nie eine Sonn' gesehen,
an den Äpfeln heut' eine wunde Stell'.